青少年美德读本

开启孝心美德之门的金钥匙

之门的

尹全生◎主编

光明日报出版社

图书在版编目（CIP）数据

青少年美德读本．开启孝心美德之门的金钥匙/尹全生主编．—北京：
光明日报出版社,2011.9（2016.5 重印）

ISBN 978-7-5112-1607-6

Ⅰ．①青… Ⅱ．①尹… Ⅲ．①故事—作品集—世界

Ⅳ．①I14

中国版本图书馆 CIP 数据核字（2011）第 191618 号

青少年美德读本：开启孝心美德之门的金钥匙

◎主　　编：尹全生

◎出 版 人：朱 庆

◎责任编辑：朱 宁 杨 娜　　　　　　总 策 划：叁棵树

◎责任校对：傅泉泽　　　　　　　　　责任印制：曹 净

◎出版发行：光明日报出版社

◎地　　址：北京市崇文区珠市口东大街 5 号，100062

◎电　　话：010-67078243（咨询），67078990（发行），67019571（邮购）

◎传　　真：010-67078227，67078233，67078255

◎网　　址：http://book.gmw.cn

◎E-mail：gmcbs@gmw.cn　　zhuning@gmw.cn

◎法律顾问：北京德恒律师事务所龚柳方律师

◎印　　制：北京一鑫印务有限责任公司

◎装　　订：北京一鑫印务有限责任公司

　　本书如有破损、缺页、装订错误，请与本社发行部联系调换

◎开　　本：710×1000　1/16

◎字　　数：174 千字　　　　　　　　印　张：13

◎版　　次：2011 年 10 月第 1 版　　　印　次：2016 年 5 月第 2 次印刷

◎书　　号：ISBN 978-7-5112-1607-6

◎定　　价：25.80 元

目 录

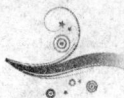

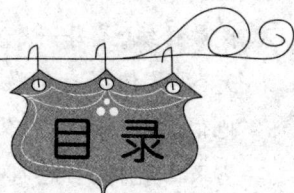

1. 父母衣食无忧，我们责无旁贷

　　赡养父母，是每个社会成员的责任。从个人感情来说，父母生了我们、养了我们，把我们抚养成人，是父母给予我们的最大恩惠，我们理应回报他们；从社会责任来说，我们也有义务为自己的父母养老送终，这是法律明文规定的。我们都热爱自己的父母，因为父母也热爱我们，为我们的成长付出了心血，而我们对父母表达热爱的体现，就是让自己的父母生活得更加幸福安康。

2. 敬重父母, 让温情抚慰恩情

　　孝敬父母, 一要关爱父母, 二要敬重父母。敬长爱幼是我们的民族传统, 是每一个人最起码的道德要求。父母辛勤拉扯我们长大, 是最值得我们敬爱的人, 我们在日常生活中要尊敬他们、礼待他们。即使我们的父母不在乎我们是否礼貌, 但我们也要把他们当长辈礼待, 当恩人敬重。父母的恩情大无边, 只有用我们的温情才能温暖他们伟大的爱心。

3. 为亲分忧, 父母的忧患就是我们的忧患

　　父子连心、母子连肝, 我们的命运和父母的命运一直紧紧连在一起。当父母遭遇困难、遇到危险时, 做儿女的应该挺身而出, 斗智斗勇地去拉他们一把。古有花木兰代父从军, 今有花季少女为父捐肝, 她们做得义无反顾, 并引以自豪, 是什么精神激励了她们? 是孝心、爱心和责任心。我们都应该向这些榜样学习, 时时刻刻关注着父母的冷暖安危。

4. 关爱父母，把亲人的冷暖挂在心上

人生是漫长的，父母也有生老病死。当父母慢慢变老了，儿女也就慢慢长大了。我们是他们的传人，更是他们最贴心的人。当我们还年轻时，父母是我们的靠山和支柱；当父母年老时，我们则是父母的拐杖和依靠。在日常生活中，我们要学会关爱父母，体贴父母，把父母的冷暖时刻挂在心上。这不仅是我们的职责，也是我们的义务。

5. 愉悦双亲，父母高兴就是我们的心愿

奉养父母，为父母分忧，是我们做儿女的责任。但我们的职责，不只是让父母吃好、穿好，做到让他们平安无事，这些充其量只

是满足他们的物质需求,而他们精神的需要更为重要。实际上,父母并非十分看重儿女给予的吃和穿,他们更需要的是精神的安慰和团聚的快乐。只要我们有一颗孝亲之心,悉心照料父母的生老病死,再苦再累的生活也能让父母感到欣慰。

6. 做床前孝子,为父母鼓起生活的希望

人食五谷,孰能无病?人到老年百病生。老人生病,一怕无钱治病,二怕无人照料。俗话话:养子防老。而这些职责,恰恰是做儿女的应尽义务。有了儿女的孝心,生病的父母才会放心。因为有儿女的照料和安慰,父母才会鼓起生活的勇气和希望,那被病魔伤害的身体才会慢慢恢复,痛苦的心灵才会得以拯救。做床前孝子,悉心照料自己的亲人,许多前人为我们树立了榜样。

7. 体谅父母，理解他们为你所做的一切

每个人都有自己的性情，每个人都有自己的经历。我们的父母也有自己的个性，甚至还有诸多缺陷和不完美，他们为我们所做的一切，或许也有不恰当的地方，但这些都不是我们拒绝敬爱父母的理由，更不是嫌弃他们的借口。我们不仅要学会理解父母的苦心，更要学会体谅父母给我们带来的负面影响。因为，同父母生我们养我们相比，其他的不愉快都是微不足道的。

8. 感恩父母，让亲情成为一生的怀念

父母的恩情大如天，不管我们走到哪里，身份如何变化，是穷是富，对父母的感恩之情应该永不褪色。当我们离开父母时，哪怕千里之遥，也要及时传递我们的问候和关爱；当父母离开我们时，我们也要常怀感恩之心，让父母的爱成为永久的记忆。常怀感恩之心，让善良在人间流传，让亲情代代相传。

9. 敬长携幼，担起家庭成员的责任

　　赡养父母、敬爱亲人，是孝的主要内容和核心。但"孝"的含义是宽泛的，既要孝敬生身父母，也要敬重祖父母、外祖父母，甚至还要扩大到其他有亲缘关系的长者。当我们感念父母之恩时，也要记住父母的父母，他们也是我们的亲人。而作为一个家庭成员，帮助父母抚养或带大自己年幼的弟弟、妹妹，也是我们应尽的职责。古人说，"老吾老以及人之老，幼吾幼以及人之幼"，说得就是这样道理。

第1章

父母衣食无忧，我们责无旁贷

赡养父母，是每个社会成员的责任。从个人感情来说，父母生了我们、养了我们，把我们抚养成人，是父母给予我们的最大恩惠，我们理应回报他们；从社会责任来说，我们也有义务为自己的父母养老送终，这是法律明文规定的。我们都热爱自己的父母，因为父母也热爱我们，为我们的成长付出了心血，而我们对父母表达热爱的体现，就是让自己的父母生活得更加幸福安康。

箱子里的秘密

　　从前，有个老人，妻子去世后一直一个人过着孤单的生活。他一生都是个辛苦工作的裁缝。现在他太老了，已经不能做活儿了。他的双手抖得厉害，根本无法穿针，而且老眼昏花，缝不直一条线。他有三个儿子，都已长大成人，并结婚有了各自的家。他们忙于自己的生活，只是每周回来和父亲吃一顿饭。

　　渐渐地，老人的身体越来越虚弱了，儿子看他的次数也越来越少。他心想：他们不愿意陪在我身边，因为他们害怕我会成为他们的累赘。他彻夜不眠，为此而担心。最后他想出了一个办法。

　　第二天一早，他去找自己的木匠朋友，让他给自己做了一个大箱子，然后又跟锁匠朋友要了一把旧锁头。最后他找到吹玻璃的朋友，把他手头所有的碎玻璃都要了过来。

　　老人把箱子拿回来，装满碎玻璃，紧紧地锁住，放在了饭桌下面。当儿子们又过来吃饭的时候，他们的脚踢到了箱子上面。

　　他们向桌子底下看，问他们的父亲："里面是什么？"

　　"噢，什么也没有，"老人说，"只是我平时省下的一些东西。"

　　儿子们轻轻动了动箱子，想知道它有多重。他们踢了踢箱子，听见里面发出响声。"那一定是他这些年积攒的珠宝。"儿子们窃窃私语。

　　他们经过讨论，认为应该保护这笔财产。于是，他们决定轮流和父亲一起住，照顾他。第一周年轻的小儿子搬到父亲家里，照顾父亲，为他做饭。第二周是二儿子，再下一周是大儿子。就这样过了一段时日。

　　最后年迈的父亲生病去世了。儿子们为他举办了体面的葬礼，因为他们知道饭桌下面有一笔财产，为葬礼稍微挥霍一些，他们还承担得起。

　　葬礼结束后，他们满屋子搜，找到了钥匙。打开箱子后，他们看到的

当然是碎玻璃。

"好恶心的诡计,"大儿子说,"对自己的儿子做这么残忍的事情!"

"但是,他还能怎么做?"二儿子伤心地问,"我们必须对自己诚实,如果不是为了这个箱子,直到他去世也不会有人注意他。"

"我真为自己感到羞愧,"小儿子抽泣着,"我们逼着自己的父亲欺骗我们,因为我们没有遵从小时候他对我们的教诲。"

但是,大儿子还是把箱子翻过来,想看清楚在玻璃中是不是真的没有值钱的东西。他把所有的碎玻璃都倒在地上,顿时三个儿子都无言地看着箱子里面,箱子底下刻着四个字——孝敬父母。

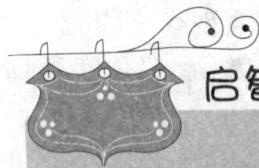

启智一点通

一个老迈的父亲,儿孙满堂,本应享受天伦之乐,却被逼得用谎言来唤起儿子的孝敬,这难道不是"三伏心也寒"的事情吗?林肯说过:"我之所有,我之所能,都归功于我天使般的母亲。"因此,父母的养育之恩我们应尽心回报,怠慢父母是违背伦理的行为。莎士比亚说过:"逆子无情甚于毒蛇。"因此,我们要时刻牢记:长大以后,也应该以孝心来报答父母对我们无私的爱。

智取鹿奶

两千多年以前,在一个偏僻的小山村里,住着一个叫剡子的少年。剡子个儿虽然不高,却很勇敢机智,又特别孝敬父母,村里的大人、小孩都特别喜欢他。

剡子常常对村里人说："父亲、母亲生了我，把我养大不容易，我要像父母爱我那样爱他们。"

剡子不仅是这样说的，也是这样做的。

剡子家十分穷困，全靠父母日夜操劳，一家人才勉强得到温饱。岁月不断流逝，剡子的父母渐渐老了，二老的身体越来越弱。随着剡子一天天长大，他越发变得懂事了，知道自己应该为父母分忧。

剡子每天天刚蒙蒙亮就起床，帮助父母担水、做饭、打扫院落。侍候父母起了床，一家人吃完早饭，他就背着绳索，拎着斧头上山去打柴。

剡子进了大山，凭借着矫健、灵巧的身子，爬上大树，抡起斧头使劲地砍起树木，斧砍树木的响声在大山里回荡。

山野里，有一群鹿惊奇地瞧着剡子，剡子友好地向鹿群招招手，学一声鹿鸣。由于他学得极像，同鹿成了他的好朋友。

常年的劳累使剡子父母的身体越来越弱了，二老的眼睛都快失明了，这下可急坏了剡子。剡子到山里为父母采来各种药材治病，但总不见效。

一天，剡子的父亲说："我很小的时候，吃过鹿奶，鹿奶的味道很不错，听说对人的眼睛也有好处。"母亲也补充说："我也听老一辈的人说，鹿奶对人很有滋补作用。"

父母那么想吃鹿奶，上哪儿去弄呢？聪明的剡子突然想起了山间林子里的那群鹿。如果自己装扮成小鹿去采奶，母鹿一定肯帮忙的。

剡子为自己想出这个主意而高兴。他没有对父母讲，怕父母不让他去。他来到村里一户猎人家，向猎人借了一张鹿皮。

第二天，剡子提着一个小罐，拿着鹿皮进山了。进了林子，他老远就看见了那群鹿，他把鹿皮蒙在身上，装成一只小鹿，混进了鹿群。

他爬到一头母鹿身边，用手轻轻地往小罐里挤奶。因为剡子的动作轻柔，母鹿还以为是一头小鹿在吸奶，于是驯服地让剡子挤。剡子终于挤满了一罐奶。为了不让鹿群发现，他仍然爬行着离开了鹿群。

剡子回到家中，高兴地让父亲喝他带回的新鲜的鹿奶。父母问他是从哪儿弄来的，剡子这才把自己装扮成小鹿挤鹿奶的事告诉了他们。

父母很担忧，劝他以后不要再去了。剡子却说："只要二老身体一天天壮起来，我吃点苦不算什么！"

从此，剡子一次次地进入深山老林，混进鹿群去挤奶。一天，他混在

鹿群中，刚挤了半罐奶，突然听到一阵急促的马蹄声。鹿群四散逃走，只剩下犲子装扮的小鹿原地不动。

原来，是猎人们围猎，来到山林。猎人们拈弓搭箭，刚要射，犲子急忙掀掉鹿皮，站起来说："别射！我是人！"他把为父母挤鹿奶的事告诉了猎人。

猎人们大吃一惊，并被犲子孝敬父母的精神所感动。一时间犲子扮鹿取奶孝双亲的事被传为佳话。

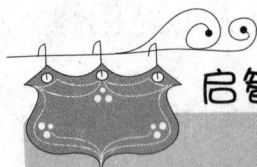

启智一点通

犲子扮鹿取奶，为的是年老的父母能喝上奶水，滋养身体。虽然他冒了极大风险，却乐此不倦。在生活中，我们也许没有条件去为自己的父母提供更好的饮食，但有孝心的人，总会有办法实施自己的孝心。我们不提倡为了父母去冒险，父母也不希望我们这样去做，但我们要学习古人孝敬父母的这份孝心，把父母的冷暖放进心头，并尽力为他们做点事，这就够了。

老汉贴对联

古代安徽某地有位陈老汉，年逾60岁，儿子却不尽赡养义务。陈老汉无奈，便向他的侄儿诉苦。

侄儿对他说："我自有办法。"说罢，他便回家写了一副对联和一幅中堂，要陈老汉贴在屋内正墙上。那副对联的上联是：二三四五；下联是：

六七八九。显而易见，这副对联缺"一"（衣）少"十"（食）。那幅中堂更耐人寻味，使人警悟，写的是：隔窗望见儿喂儿，想起当年我喂儿。我喂儿来儿饿我，当心你儿饿我儿。

儿子、媳妇见了，羞愧万分。从此一改前非，父子言好。

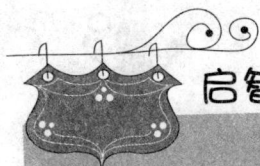

启智一点通

自古以来，孝敬父母成为社会和家庭的焦点。子孝父母，下代孝敬上代，一代传一代，成为家庭伦理的核心。如果这个伦理链遭到破坏，必然会累及自身，也就是上行下效的意思。所以说，孝敬父母，实际上是"孝敬"自己。

孙子的妙计

从前，有一对不孝敬父母的夫妇，他们对老人毫不关心，又嫌老人不能干活，打算把老人赶走。他们的孩子看在眼里，心里非常着急。

这一天，夫妻二人让老人坐在筐里，抬着他向深山里走去。他们的孩子也远远地跟在后面。到了山里，丈夫说："就扔在这里吧，离家这么远，他肯定回不去了。"

说完，夫妻二人丢下老人和筐子，扭身就走。

老人看到儿子和儿媳这样对待他们，伤心得流下了眼泪。

这时，孩子突然想起了一个救爷爷的妙计。他冲父母喊道："爸爸妈妈，应该把筐子也抬回去。"

爸爸不解地问："要这筐子干什么？"

孩子回答："等你和妈妈老了，不能动弹了，我好用它把你们抬到这里来呀。"

孩子的话深深地触动了夫妻俩。他们彼此相视了一眼，顿时悟了一个道理，心里惭愧起来，立即把老人抬了回去，悉心照料。

启智一点通

孝悌，是我们的传统美德。俗话说：前人栽树后人乘凉。老人为家庭、为社会创造了许多财富，理应得到后人的孝敬。这是我们的责任所在，不会随着父母年老力衰而结束。父母的养育之恩，是天高地厚的，怠慢父母是违背伦理的行为，照顾、关心他们是我们的天职。

借米养母

子路是春秋末鲁国人，在孔子的弟子中以善理政事著称，尤其以勇敢闻名。子路小的时候家里很穷，长年靠吃粗粮野菜等度日。

有一次，年老的父母想吃米饭，可是家里一点米也没有，怎么办？子路想到要是翻过几道山到亲戚家借点米，不就可以满足父母的这点要求了吗？

于是，小小的子路翻山越岭走了十几里路，从亲戚家背回了一小袋米，看到父母吃上了香喷喷的米饭，子路忘记了疲劳。邻居们都夸子路是一个勇敢孝顺的好孩子。

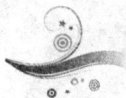

启智一点通

中国有句古语："百善孝为先。"意思是说，孝敬父母是各种美德中占第一位的。一个人如果不知道孝敬父母，就很难想象他会热爱祖国和人民。古人还说："老吾老，以及人之老；幼吾幼，以及人之幼。"我们不仅要孝敬自己的父母，还应该尊敬别的老人，爱护年幼的孩子，在全社会营造尊老爱幼的淳厚民风，这是我们新时代的责任。

抄书养亲

王僧儒是南北朝时梁朝的一位大学者。他学识渊博，家藏万卷书，是当时藏书最多的三个名士之一。

王僧儒出生在山东郯城一个衰落的家庭中，小时候家里很穷。当时他家中连饭都吃不上，哪里有钱供他读书呢？

小僧儒有他的一套学习方法。家中原有一些破残的书，他把这些书收集起来，请母亲给他订好。小僧儒就用这些旧书认字，他走到哪里，就把这些书带到哪里，念到哪里。

小僧儒五岁那年的一天，他父亲外出办事去了，父亲一位远道而来的朋友提着一篮水果来拜访。父亲不在家，僧儒只好出来接客。

僧儒谦恭地说："先生，您来得真不巧，父亲刚出远门了！怠慢您了！"

客人见小僧儒说话得体长得也十分可爱，问他："你读书了吗？"

小僧儒说："家中贫寒，家父无力供我读书，随父亲认几个字罢了！"

客人觉得僧儒说出的话很有分寸，又问他读什么书。小僧儒说了一些缮写本的诸子百家书名。客人大吃一惊，这些书连学堂里读书的少年朗读

起来都吃力呢！他打心眼儿里喜欢王僧儒。客人对僧儒的母亲说："僧儒这孩子知书达理，孝义谨记心头，将来必成大器！"

僧儒听了客人的夸奖，对父母更加孝顺，读书也更加努力。到了六岁的时候，他就可以整篇地诵读文章，也能写一些小文章了。郯城的人都认为他是个聪明超群的小才子。

后来，僧儒家中连遭不幸，父亲去世，家里更加贫穷，经常吃了上顿没下顿，母亲整天长吁短叹。

小僧儒说："娘，您老不要着急。孩子写一手好字，那富人家子弟读书不能没有书，孩子替他们抄书，挣些抄书费来养活母亲。请母亲放宽心！"僧儒的母亲难过地擦了一把眼泪说："孩子，那可苦了你了！"

"不要紧！"小僧儒说，"为人家抄书，苦是苦些，但孩子可以趁此机会多读些书！"

王僧儒来到一些官宦、富户人家，到处问人家要不要雇他抄书。有家大户人家知道王僧儒是个小才子，很乐意让他抄书。王僧儒把抄的书背回家去，他一边抄写，一边认真地读。书抄完了，他也读完了，用这种办法他读了许多书。

王僧儒用抄书挣的钱买米养活母亲。郯城方圆百里都知道王僧儒是个靠抄书养活母亲的才子。不但没人笑话僧儒，反而十分敬重他。

后来，朝廷听说了王僧儒的名声和事迹，召他进京，他当了朝廷的官员，直升到了左丞相。

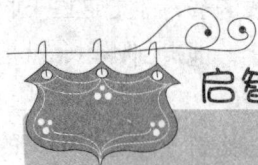

启智一点通

为了奉养母亲，小僧儒靠给人抄书获得报酬，以供养自己的母亲。这在他看来，既可以增加学问，也可以增加收入。可见，孝敬父母，不在乎自己是否成年。贫寒人家也出孝子，他们是靠自己稚嫩的双肩，支起家的蓝天。只要有一份孝心，任何困难都是难不住我们的。

采葚充饥

蔡顺是汉代汝南（今属河南）人，少年丧父，侍奉母亲非常孝顺。当时，正值王莽之乱，又遇饥荒，柴米昂贵，蔡顺只得采桑葚给母亲充饥。

一天，他在采桑葚时，巧遇赤眉军，义军士兵厉声问道："你为什么把红色的桑葚和黑色的桑葚分开装在两个篓子里？"

蔡顺回答："黑色的桑葚供老母食用，红色的桑葚留给自己吃。"

赤眉军怜惜他的孝心，送给他三斗白米和一头牛，让他带回去供奉他的母亲，以示敬意。

启智一点通

不管是好人或坏人，人人都有父母亲人，即使是恶人也懂得孝亲之道，懂得自己的身体发于父母，报答父母是人之常伦。所以，持孝心的人，永远不会被人小看和轻视。

茅容杀鸡

汉朝的茅容，已经40多岁了。有一天，他在郊野里耕田，忽然天下雨了，于是种田的人都到树底下去避雨。他们都是叉手伸脚、随随便便地坐

着，只有茅容独自端端正正地坐着，格外恭敬。

这时候，有个叫郭林宗的教书人看见了，觉得很奇怪，就请求到茅容家里去过夜，以便暗中观察他的一切举动。到了第二天，茅容杀了一只鸡，煮了饭菜。郭林宗见了以为是请自己吃的，哪知茅容把鸡给了母亲吃，自己和客人一同吃着蔬菜。郭林宗看了他这样孝顺的行为非常佩服，就起身向他拜着说："你的品行真贤明得很，我林宗尚且减少了养亲的丰盛膳菜，去供给往来的宾客。现在你能够这样真是我的朋友了。"于是就劝他读书。

后来茅容终于修成了一个德才兼备的人。

启智一点通

最好吃的菜肴首先给谁享用？是自己、朋友，还是年迈的父母？茅容选择了后者。他的孝心值得我们学习。

糟糠自甘

古代有个夏王氏，为不让公婆知道自己吃米糠野菜，担心老人家挂心，便独自在厨房里吃。一天，她的婆婆偶然走到厨房里来，正想喊她时，却发现夏王氏正低着头，喝着手中一碗米糠野菜粥！

婆婆看了，心里头不由一阵惊诧，才知媳妇每天给自己做好的饭食，而她竟独自静悄悄地吃这些米糠、野菜。于是，禁不住就掉下了眼泪。

后来，婆婆告诉了公公，公公也感到媳妇特别艰难。因此，他们都想在以后的日子里，尽量少吃一些，可以剩一些给媳妇吃，也可以减轻一下

媳妇的负担。

然而，当夏王氏看到公公婆婆饭吃得少时，不由得担心起来，不知道是不是做得不好，使公婆不爱吃，又或是他们身体不好，吃不下。因此，她关心地问公公婆婆说："爹、娘，你们怎么不吃了，是不是不好吃啊？要不，媳妇再去做一点别的给你们吃？"

婆婆便对媳妇说："我们都吃饱了，剩下这些你吃吧。"

夏王氏忙说："锅里还有呢！我一会儿再吃，你们一定要吃饱啊。"

公公叹了口气说："你就不要再骗我们了，哪里还有啊？这个年头，我们也知道，连一个蕃薯都难找。你也就别再吃那米糠野菜了，我们少吃一点，饿不了的。"

于是，公婆都坚决不肯再吃，一定要留给夏王氏。夏王氏看了，不由得跪了下来，流着眼泪，劝公公婆婆说："照顾你们，是媳妇的责任，你们是若吃不饱，饿坏了身体可怎么是好？如果那样，就真是媳妇的罪过了。媳妇虽然每天吃米糠野菜，但身体还很好，可是您二老本来身体就不好，怎么能再挨饿呢？吃得少了，体力不堪，等相公回来，看到爹娘瘦了或是虚弱了，他又怎么忍心呢？请爹娘一定要吃饱才是，这也是我与相公的一份心啊！"

公婆看到媳妇如此孝顺，感动得直掉眼泪，因为不忍媳妇再操心，也只好依着媳妇，每餐依旧吃下她细心准备的饭食。

启智一点通

糟糠自甘，就是宁愿吃糠咽菜的意思。夏王氏为了年迈的公婆吃好穿好，竟省下粮食给他们，情愿自己吃糠咽菜。这种孝敬父母、舍己为人的精神的确高尚。在家道富有时，做一个孝子孝媳很容易；当家庭困难时，依然尽心尽力地赡养父母，不惜牺牲个人的利益，这就难能可贵了。在我们的生活日益富有的今天，如果我们再不悉心体贴父母，就更说不过去了。

做工供母

东汉时期，有一位叫江革的人，从小便失去了父亲，独自与母亲住在一起，相依为命。

时逢乱世，战争逼迫得人们到处逃难，江革背着母亲也加入了逃难者的行列。他们一路颠沛流离。盗贼见他身强力壮，想将他劫去，强迫他去服劳役。江革哭着哀告，诉说自己老母尚在，无人奉养，请求他们放他一条生路。盗贼见他这样孝顺，也起了恻隐之心，不忍抓他。

后来，江革辗转到江苏邳县，生活越发困顿，甚至连双鞋都没有，如何奉养母亲？他来到一个富裕人家当佣人，每天天不亮便开始担水、劈柴、烧火、做饭、牧马放牛，不分昼夜地干活。

江革将挣来的钱全部用来给母亲添置各种物什，母亲所需的样样齐备了，他却舍不得将钱花在自己身上。江革行佣供母的事迹传开后，人们都称赞他，对他仰慕不已。

启智一点通

俗话说：家贫出孝子，国难出忠臣。在一个贫穷的家庭里，在衣食无着的困厄中，最能显出孝亲的价值。一个人为了父母吃饱穿暖，宁愿挨饿受冻，确实也是"孝"的极致了。相比之下，现代生活中，像江革这样孝顺母亲，一心只为父母着想的人越来越少有了，人们为了满足自己的私欲甚至不顾亲情，这种行为实在不应该。

郑板桥私访

郑板桥任山东潍县县令时，爱微服私访体察民情。一天，他领着一名书童走到城南一个村庄，见一民宅门上贴着一副新对联：

家有万金不算富；
命中五子还是孤。

郑板桥感到很奇怪，既不过年又不过节，这家贴对联干什么，而且对联写得又十分含蓄古怪。他便叩门进宅，见家中有一老者。老者强颜欢笑将郑板桥让进屋内。郑板桥见老人家徒四壁，一贫如洗，便问道："老先生贵姓？今日有何喜事？"老者唉声叹气说："敝姓王，今天是老夫的生日，便写了一副对联自娱，让先生见笑了。"郑板桥似有所悟，向老者说了几句贺寿的话，便告辞了。

郑板桥一回县衙，便命差役将南村王老汉的 10 个女婿叫到衙门来。书童纳闷，便问道："老爷，您怎知那老汉有 10 个女婿？"郑板桥给他解释说："看他写的对联便知。小姐乃'千金'，他'家有万金'不是有 10 个女儿吗？'俗话说一个女婿半个儿，他'命中五子'，正是十个女婿。"书童一听，恍然大悟。

老汉的 10 个女婿到齐后，郑板桥给他们上了一课，不仅讲了孝敬老人的道理，还规定 10 个女婿轮流侍奉岳父，让他安度晚年。最后又严肃地说："你们中如有哪个不善待岳父，本县定要治罪！"第二天，10 个女儿带女婿都上门看望老人，并带来了不少衣服、食品。王老汉对女婿们一下子变得如此孝顺，有点莫名其妙，一问女儿，方知昨日来的是郑大人。

启智一点通

　　孝敬老人，不仅是家事，也是官员实行德政的重要内容。为官一方，不仅要以身作则，带头敬老，更要像郑板桥那样，践行孝道。但作为儿女，一旦落于被"强迫"行孝的下场，则是可悲的，不仅没有逃脱孝亲之责，还落得身败名裂，成为后人引以为戒的典型。

冯玉祥买肉孝父

　　冯玉祥将军不仅是个著名的爱国将领，还是个远近闻名的孝子。

　　旧社会当兵是个苦差事，当兵的经常发不上军饷，逢五排十还要打靶。每到打靶的日子，父亲念小玉祥年幼身弱，总想方设法给儿子凑几个小钱，让他买个烧饼充饥。可懂事的小玉祥看到家里日子艰难，父亲又伤了腿，正需补补身子，哪里肯要这钱。但如果不要这钱，父亲会生气。于是他就把父亲给的钱一个不花，攒了起来，过些天再把自己平时省下的一点饷钱凑在一起，到肉店买了两斤猪肉，请假回家给父亲烧了锅焖猪肉。

　　父亲见后顿时生疑，便质问这肉的来历。冯玉祥深知父亲的严厉，只好如实道来。老父亲听后一把拉过懂事的孩子，一句话也说不出，眼泪扑簌簌地掉了下来。

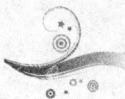

启智一点通

　　自古以来，孝敬父母的典型事例不胜枚举。当今许多有高尚情操的青少年，也是孝敬父母、孝敬长辈的好楷模。这种把孝心献给长辈，把爱心送给别人的感人事迹，汇成了一首首人间完美温馨的爱的乐章，奏出了时代的强音。

第 2 章

敬重父母，让温情抚慰恩情

孝敬父母，一要关爱父母，二要敬重父母。敬长爱幼是我们的民族传统，是每一个人最起码的道德要求。父母辛勤拉扯我们长大，是最值得我们敬爱的人，我们在日常生活中要尊敬他们、礼待他们。即使我们的父母不在乎我们是否礼貌，但我们也要把他们当长辈礼待，当恩人敬重。父母的恩情大无边，只有用我们的温情才能温暖他们伟大的爱心。

爱是所有的回忆

苦痛会消失，唯有真爱永留心间。

父亲与我谈话时，他总是会先说一句："我今天告诉过你我有多么爱你吗？"从这句话我能深深感受到父亲对我的爱。随着岁月的流逝，父亲已迈入老年，体力大不如前，然而我们父女间的感情却是一日比一日深厚。

到了82岁，他已有撒手而去的心理准备，而我也想让他早日脱离病痛的折磨。我们紧握彼此的手，笑着和对方告别，但眼中仍是忍不住充满了泪水。我说："爸，等你走后，我希望能接到你报平安的讯息。"他笑说我的想法荒谬，因为爸并不相信世间有轮回转世，其实我也不太相信鬼神之说，但我的许多亲身经验却又让我不得不怀疑"另一边"的人能与我们相通。

所谓父女连心，当父亲走的那一刻，我胸中也能感应到他心脏病发作的瞬间。最令我遗憾的是，碍于医院的某些规定，我竟无法在他咽下最后一口气时握着他的手。

父亲走后，我整日祈祷能听到他的声音，每晚都期盼他能入梦来，但仍是音讯全无。4个月以来，我听到的只有亲友的吊唁。母亲早在5年前就因病去世，失去双亲的我，即使已过中年，心里仍像孩童一样茫然无助。

有一天，我躲在黑暗安静的房间里，一阵想念父亲的情绪又填满了胸口，我开始怀疑，是否自己过于殷切地期盼能听到他的声音。突然间，我发觉自己的神志敏锐异常，脑袋出奇地清楚，就算给我一长串的数字我也能加减自如，起初我怀疑自己是身在梦中，但我后来确定，这种感觉是百分之百的真实。原本混乱的思绪在脑中如水滴扰乱了静止的湖面，此时却

异常的平静，我心中对这种改变惊讶不已，这让我领悟到：或许我不该如此强求想获得父亲的讯息。

霎时，我在黑暗中见到了母亲的脸——她在患病前那张充满慈爱的丰润脸庞；她仍是一头白发，脸上仍旧带着笑容。母亲的影像如此真实鲜明，似乎我伸手便可触及。她的模样一如从前，我甚至闻到她最爱用的香水味。她静静地站在我面前，一言不发。我有些纳闷为何我想的是父亲，出现的却是母亲，同时也对许久未想起母亲而感到些许愧疚。

我说："妈，晚年的那场病让您受苦了。"

母亲轻轻地将头侧到一边，仿佛表示理解我的心思。她给了我一个美丽的微笑，然后清楚他说："不过，爱是我所有的回忆。"说完她便消失无踪了。

房间突然一阵微寒，使我不禁打了个冷战。此时我深深感觉到，最重要的是我们曾对彼此付出关怀。苦痛会消失，唯有真爱永留心间。

母亲这句话点醒了我，直到如今，我还忘不了与她相见的那一刻。

虽然我一直没有父亲的讯息，但我深信有一天，他会出其不意地出现在我面前，再说一次："我今天告诉过你我有多么爱你吗？"

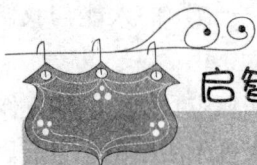

启智一点通

一个人活在世上，假如没有精神寄托，他该如何生活？亲子之爱，就是一种精神寄托。不是常有母亲说"我是为了我的儿女活着"吗？因为有爱，母亲活得有滋有味，有盼头、有奔头；因为有爱，父亲才有创业的干劲和拼搏的勇气。而儿女对父母的爱，则体现在父母活时的孝顺和去世时的怀念之中。正因为有了这些亲子之爱，才维系着一个家庭牢固的基础，温暖着亲人的心。随着时间的流逝，一切物质的东西都会付诸东流，而那充满着怀念的爱，则与日俱增地滋润着我们的记忆，让我们对这个世界充满着留恋。

孔奋孝母

孔奋是东汉初扶风茂陵人，少年即遭遇王莽之乱，与老母和幼弟到远处躲避兵乱。有一年，当地的将军窦融请孔奋担任姑臧长，姑臧是当时比较富庶的地方，孔奋任职四年，私有财产一点儿没有增加。

孔奋平时待母非常孝敬谨慎，虽然自己生活检朴，却极力以美食孝敬母亲，妻子儿女随自己以普通饭菜为食。每天起床后，他头一件事就是到母亲房内问寒问暖，然后安排好母亲一天的饮食，让母亲吃好；到了晚上，孔奋不论多忙也要到母亲房中请安，与母亲聊一会儿天，等母亲睡下再回到自己房中休息。

孔奋爱民如子，嫉恶如仇，清廉公平，深受官民敬重。后来，光武帝下诏褒扬孔奋，封他为武都太守。当地老百姓纷纷以他为榜样，修行操守。

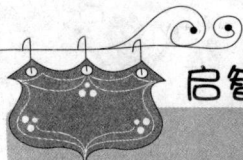

启智一点通

有道是：连父母都不爱的人，不可能爱百姓。换言之，一个体恤百姓的人，也一定会体恤自己的父母。孔奋外爱百姓，内敬老母，体现了他的爱心和孝心。他一日复一日地问候母亲，伺候母亲，也体现了他的敬重之心。一个人在短期内敬重父母是容易的，但一辈子保持这份敬重之心，则是难得的。

文王问安

周文王姬昌做世子的时候，每天去朝见他的父亲王季三次。

在清晨鸡啼的时候，他就穿好了礼服，到父亲的寝门外问安。等宫里的小官回报安好以后，文王才面露喜色。正午和傍晚，他又各再去向父亲请安一次。

有时候，王季偶然身体有点不舒服，文王的脸上就充满了忧愁的神情，连走路都走不平稳了。等到王季身体复元了，他才恢复原状。

当饭菜献进去的时候，文王一定亲自去视察菜的冷热。等王季吃完了饭，把饭菜端了下来，文王就问父亲："您吃得怎样？"并且告诉掌厨的人说："不要把原有的饭菜再献了上去！"

那位掌厨的人诺诺应着，于是，文王才敢退了出来。

启智一点通

孔子所提倡的"礼"，大都源于周朝，所以又叫"周礼"。在周朝，各种礼仪已十分完备，自上而下都遵守得十分严格。孝道，就是周代最讲究的"礼"之一。周王之所以被称为周礼的践行者，是道德高尚的人，就源于他平日的礼仪风范是完美无缺的。

曾参立志孝道

曾参自幼参加劳动，12 岁起在父亲曾皙培养下，潜心向学。他留着长发，穿着掩衿短褂，系着腰带，少年志成。他白天下地劳动，晚间则在油灯下翻阅竹简，攻读诗书，直到深夜。

在隔壁草房里，曾母正在织布，木梭来往飞驰，忙忙碌碌。夜深了，星斗满天，玉盘西斜，已是三更时辰。曾母离开布机，走进书房，轻声喊道："参儿，天色不早了，还不休息？"

曾参很有礼貌地站起身来："母亲，儿就去睡觉。母亲织布太劳苦，请母亲早早安歇！"曾母答应着，转身又回到织布机上继续织布。曾参悄悄把门闭上，往油灯里添了些油，又翻阅起书简。

过了一个时辰，曾母又去催促儿子休息。推门一看，曾参已经趴在书台上睡着了。于是她十分疼爱地喊道："参儿！参儿！快去睡觉，明日爹爹还带你下地耘瓜！"

曾参猛醒，起身致歉："母亲，让你挂心，这就去休息！"

母亲走后，他就用尖刀在竹简上刻了四个大字：志从孝道。立志终身从孝。

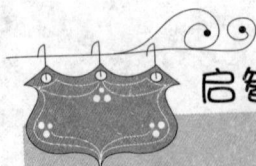

启智一点通

曾参立志孝道，源于他感念母亲的仁慈关怀和伟大之心。其实，天下父母都是一样的，对自己的儿女最无私，宁愿为自己的孩子奉献一切。如果我们也能体会到这一点，我们也会像曾参那样，做一名孝子。你说是吗？

陶侃从母

陶侃是东晋有名的贤臣。他不仅多谋善战，而且是一个俭朴清廉的好官。

陶侃自小死了父亲，与母亲谌氏相依为命。谌氏非常贤德，对陶侃要求很严，经常教育他注意勤劳节俭。陶侃牢记母亲的教诲，从小胸怀大志，虽然家道清贫，仍坚持学武修文，希望将来能够报效国家，做一个有作为的人。

后来，他被提拔做了庐江郡管理渔业事务的小官。他念起母亲多年的养育之恩，有什么好吃的，都舍不得吃，托人带给母亲。

有一次，他的衙门里来了一批干鱼，陶侃便拿了些托人带给母亲。谌氏从来人谈话中知道这是公物后，便不肯收，叫来人将原物带回，并写信批评陶侃说："你身为官吏，应该廉洁奉公，一尘不染，怎么能拿公家的东西来送我呢？你的做法违背了我的教训，不但不能使我快活，反而增添了我的忧虑，今后可不要这样做了。"

陶侃读了母亲的信，深受感动，从此以后，他廉洁奉公，再无私拿公物。

后来陶侃当了江夏太守，位高权重，亲迎母亲到官邸同住，晨昏定省，十分恭顺。他淡泊名利，严遵母训，参加佐吏的饮宴，饮酒不过三杯，有的僚属劝他多饮几杯，他凄然多时才婉言答道："我少年时曾因饮酒大醉误事，母亲规定我每次饮酒不能超过三杯。因此，我绝不能因为你们的盛情而违背母训。"

僚属们听了，都肃然起敬，以后再也不敢劝他多饮了。

后来，他荣升将军职务，地位更高了，但他仍能牢记母训，保持节俭的好习惯。

启智一点通

敬重父母，就要悉心听取他们的教诲。父母的人生经验比我们丰富，当他们指导我们怎么待人处事时，我们都要恭恭敬敬地听，牢记在心，不可以当成耳边风。即使是斥责，也是父母教育我们的方法之一，也正是父母对我们深爱的表现。

夫妻伺母

东汉时候，姜诗为江阳县令。姜诗到江阳后不久，父亲就去世了，姜诗夫妇侍奉母亲愈加勤勉，每天变着花样为她做好吃的、好喝的，把老人伺候得舒舒服服。不久妻子三春生下了一个男孩，姜诗给取了个大号叫姜石泉，小名安安。

有天夜里，姜母做了个梦，梦见有个神仙告诉她，孝泉临江的水有清心明目的功效，经常用它洗眼，就可以治好她的眼睛。陈氏醒来，把这事跟姜诗说了。姜诗是个孝子，不忍违了母意，当即挂印而去。姜诗是个清

官，千里返乡，连辆车都雇不起，只好背上母亲，牵着小石泉，硬是一步步走回到孝泉来。

姜诗辞官回家后，家中日渐衰落，为了养家糊口，就在村里开了一个私塾，靠教书挣补点家用。三春在家中日夜纺织，料理家务。

姜诗有个姑姑，是姜文俊的妹妹，人称秋姑，曾经姜文俊做主，嫁给了刘姓人家，后来丈夫死了，就回到自己侄子这边来。姜诗给她盖了间草庐，天天送吃送喝，不厌其烦。

哪知后来，姜家连遭了两次火灾，日子本来就不宽裕，这下子更加难过了。对秋姑的供给，也就不比从前了。秋姑非常不满意，就不断在姜母面前说庞氏的坏话，说她背地里咒婆婆，还偷着炖鸡吃。陈氏一开始不相信，想这个媳妇是难得的孝顺，哪能干那种事呢。可是渐渐地，就觉得儿媳妇不顺眼起来，于是，请人做了两个尖底桶，要三春一天两趟去江里担水回来。桶底是尖的，中途不能休息。但三春是个孝顺的媳妇，她就是再累也不抱怨。

三春孝敬婆婆，临江汲水，忍苦耐劳，毫无怨言，一番孝心传到了神通广大的太白星君耳朵里。星君决定亲自去考验考验。

太白星君出了天庭，看见三春来了，就跳下马，上前说道："这位大嫂，我的马跑了许久，渴坏了，能否给桶水给马喝？"

三春一看，就说："好，就把后头这桶水给你的马喝吧。"

太白听了，问："为什么不能喝前边的这桶水呢？"

三春答道："我婆婆嫌后面这桶水不干净，前面这桶水留给婆婆，您多多包涵。"

星君眼睛一转，说："马啊马，不干净的水你喝不喝？"马摇摇头。太白星君说："你还是给前边那桶水吧。"

三春把前面桶里的水给马喝了。太白星君点头暗赞，果然是个好媳妇儿！于是他在路边折了根柳枝，迎风一晃，变成一根闪闪发光的金鞭，递给三春，嘱咐她说："你回去后，将这根鞭子插在缸里，水用少了，提提鞭子，水就满了。"这一段就是"太白赠鞭"的故事。

启智一点通

丈夫为了实现母亲的愿望，竟挂印辞职，千里迢迢背着母亲回老家；妻子为了遵从婆婆的要求，也受尽辛劳，毫无怨言，最终感动了神灵。这虽然是一个传说故事，却说明遵守孝道是天理。有时，父母做得可能过份了点，可能一时糊涂误解了我们，但这决不是我们不敬重母亲的理由，相信时间会证明一切。

鲁迅敬母

鲁迅的母亲是一位饱受苦难的女性。31 岁时，她唯一的爱女端姑病死，37 岁时，丈夫又一病不起，到她 39 岁时，丈夫亡故。从此，她陷入悲哀与困苦之中。社会的黑暗，家境的败落，使鲁迅饱尝了世态的炎凉。处在长子长孙的地位，鲁迅从少年起就分担了母亲的重担。鲁迅曾对人说："阿娘是苦过来的！"因此，他一生对母亲都极为恭顺、孝敬。

鲁迅工作以后，首先在生活上给母亲以关心和照顾，尽量使母亲过得舒适、安乐。他在北京与母亲同住期间，虽然工作忙，时间紧，但为了不让母亲感到寂寞，每天晚饭后都到母亲房间与她聊天。平时，鲁迅在出门之前，总要先到母亲处说声："阿娘，我回来哉！"还时常带回些母亲喜欢吃的小食品。

鲁迅不但让母亲饮食可口，而且也尽量让母亲住得舒服。经济上并不宽裕的他，向别人借钱，在西三条胡同买了一所住宅。后来他对许广平说："至于西三条的房子，是买来安慰母亲的，绍兴老房子卖了，买了八道弯的房子。她一向是住惯了自己的房子，如果忽然租房子住，她会很不

舒服的。"

　　母亲有时身体不适，鲁迅总是亲自陪着到医阮诊治，亲自挂号、取药。后来，他因工作需要离京南下，每月按时给母亲百元生活费，从不短缺。

　　除物质生活外，鲁迅在精神生活上对母亲也是体贴入微，关心备至。《西厢记》《镜花缘》等优秀绣像小说，多半是根据母亲的爱好买来的，用以满足老人对文化生活的需要。

　　鲁迅的好朋友许寿裳曾经说过："鲁迅的伟大，不但在其创作上可以见到，就是对待其母亲起居饮食、琐屑言行之中，也可以见到他伟大的典范。"

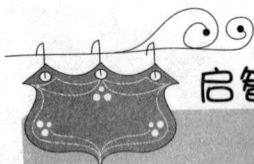

启智一点通

　　伟大的人格，不仅表现在对事业的追求上，也表现在对父母的态度上。鲁迅敬母的故事，充分体现了这位先贤的高尚品德。这个故事告诉我们：孝敬父母，不是停在口头上，也不必要做出什么惊天动地的大事，只要在日常的生活中，照顾好自己的父母，理解和尊敬自己的父母也就够了。

李先念肉汤敬母

　　1931年6月23日，李先念当选为陂安南县苏维埃政府第一任主席。10月中旬，上级来了通知，要求县以下各级党员干部要带头参加红军，粉碎敌人的"围剿"。为此，陂安南县委、县苏维埃政府在庙咀湾召开全县

"扩红"大会。李先念第一个报了名。

出发的当天，新任县委书记郭述申派人买来一头肥猪和一大缸米酒，为李先念和参军的青年送行。将要开饭时，李先念被上级派来视察工作的人找去谈事，未能赶上同大伙一起就餐。细心的县委书记让人给他留了一份：一碗米酒和一碗肉汤。

部队就要远行了，李先念想起了在家的父母。他对通信员说："你辛苦一趟，给我父母捎个信，就说部队要远行了，我工作忙，不能向他老人家告别，让他们保重身体，不要为我担忧。我没什么送给他们的，顺便把这碗肉汤给他们带去。"

听说儿子参加了红军，又要远行，李母不顾通信员的劝阻，非要为儿送行不可。她急急忙忙来到庙咀湾时，李先念已带着队伍出发了。李母站在山坡上，眼望着队伍远去的身影，久久不肯离去。从这天起，红军的行踪、战斗的胜败、儿子的安危，无时无刻不牵动着李母的心。

1932 年 8 月的一天，人们传说李先念带领着红军打回来了，正在冯受二地区与敌作战。李母听说后，带上家里的全部积蓄——两块银元上路了。

李先念这时已是红四方面军第四军第十一师政委，此时正率部与敌人打得难解难分。

"李政委，你母亲来了！"通信员跑到李先念跟前说。

李先念回头一看，母亲在弥漫的硝烟中正向他走来。他火冒三丈，厉声吼道："娘，打着你怎么办？快下去！"李母望着两眼发红的儿子，凑上去，拍拍儿子身上的泥土，然后从衣袋中掏出两块银元，装进儿子的口袋，离开了战场。

军令在身，战斗结束后，李先念没能跟母亲话别，就带领部队转移了。途中，李先念发现口袋里有个东西，掏出一看，原来是两块银元。他说："这是我娘放的……"不禁潸然泪下。

启智一点通

　　一碗肉汤，体现一片孝子心；两块银元，暗藏无限慈母情。在如今，这些东西都算不了什么，但在那个特殊的年代和特殊的环境中，这一些看似寻常的举动，实在不寻常。

马本斋以忠尽孝

　　马本斋是我国现代著名的爱国者，是回汉各族人民敬仰的英雄、楷模。

　　1937 年夏天，"七·七"事变的消息传到了马本斋的家乡东辛庄，他与母亲商量："国难当头，我作为中华民族的子孙，决不能袖手旁观！"母亲赞成他的意见。于是马本斋领了村里一帮小伙子习拳练武，准备对付侵略者。

　　这年 8 月 30 日，是东辛庄人民最难忘的日子。上午，全村人不约而同都来到了清真寺。在高涨的爱国气氛中，东辛庄"回民义勇队"宣告成立，马本斋被推举当了义勇队的队长。站在一旁的母亲语重心长地对儿子说："本斋，大伙这样看重你，你可得好好给大伙儿办事啊。"马本斋听了点点头。

　　回民义勇队的旗帜竖起后，队伍越来越强大了。这年秋后，马本斋率领回民义勇队开赴抗日杀敌的战场，打翻日军的军用卡车，阻击下乡骚扰的汉奸队伍……在斗争中，他听说共产党领导的队伍才是真正的人民队伍，只有八路军才能取得革命的彻底胜利，于是他率领"回民义勇队"参加了八路军。从此，在共产党的领导下，他们成了打不烂、拖不垮的铁

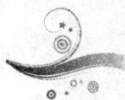

军，所到之处攻无不克，无坚不摧，被誉为百战百胜的回民支队。

1941 年 8 月 27 日，趁回民支队转移时，敌人抓去马本斋的母亲，妄图以此来迫使马本斋就范。母亲被捕的消息很快传到了回民支队，大家都纷纷要求营救，一向孝顺母亲的马本斋闻讯更是痛如刀绞。他回忆起母亲给他讲"苏武牧羊"、"岳母刺字"等故事的情景，回忆母亲教育他为穷人拉队伍使他走上革命道路的往事，心头涌起阵阵波涛。他对政委说："请党放心，我是共产党员，从入党那天起，我就把自己的一切交给了党。娘被抓走了，儿子心里是难过的，但是儿子照样打鬼子，才是对母亲最大的忠孝，也是对母亲最大的安慰。"在敌人面前，母亲拒绝劝儿子投降，以绝食同敌人斗争，光荣牺牲。马本斋擦干眼泪，率领回民支队，发扬母亲不屈不挠的斗争精神，更加英勇地为祖国、为人民而战。

启智一点通

历史上，许多父母为了支持儿女的事业，宁愿牺牲自己的利益，甚至生命。他们给儿女的何止是爱，更是人格的熏陶和道德的教养，他们尤其值得全人敬重和热爱。马本斋的母亲就是一例。马本斋虽然没有保全自己的母亲，甚至说连累了自己的母亲，但他以忠尽孝，谱写了一曲撼天动地的《孝子歌》。马本斋是可敬的，他的母亲更可敬！

第3章

为亲分忧，父母的忧患就是我们的忧患

　　父子连心、母子连肝，我们的命运和父母的命运一直紧紧连在一起。当父母遭遇困难、遇到危险时，做儿女的应该挺身而出，斗智斗勇地去拉他们一把。古有花木兰代父从军，今有花季少女为父捐肝，她们做得义无反顾，并引以自豪，是什么精神激励了她们？是孝心、爱心和责任心。我们都应该向这些榜样学习，时时刻刻关注着父母的冷暖安危。

孝迈黔娄

黔娄是东晋时著名的孝子，其孝行入选二十四孝，可谓是孝子的楷模。在福建周宁县浦源村的郑氏宗祠二进厅上檐有一"孝迈黔娄"的匾额，它的意思是"孝行可同黔娄相比"，说的是郑氏十四世锡繁公替父送死，尽孝尽义的故事。

明朝灭亡后，清兵大举南下，当时退守福建的郑成功、刘中藻（明末曾任兵部尚书）打起"抗清复明"的旗号，聚集明军数万人。当时，浦源属刘中藻明军辖区。锡繁公之父方三公毁家纾难，资助钱粮给明军。

1649 年，清军将领白进宝在闽北建瓯剿灭明军余部，回师福州，路经浦源村，得知方三公勤师刘中藻之事，不顾其重病在身，便将其押解带走。

当时锡繁公在萌源岳父家做客，知悉父亲被捕，立即带上重金沿路追至梨坪，愿出重金赎回父亲。清军因其是"钦犯"不肯，于是锡繁公跪哭在地，愿以自己替父。清军看在金银的份上，方答应替换，扔下方三公，将锡繁公押走。

押解途中，锡繁公心想，父重病在身，无人照顾，病死野外，自己更是不孝，不如寻机逃脱，待孝敬父亲度过晚年后自己的性命安危也在所不顾了。行至福安穆洋溪边，乘清军没防备，他突然跳进溪中，淹淹一息之际，传说有一重物将其托起送到对岸，待繁锡公上岸，见溪中有一仙女对他嫣然一笑，化为一尾红鲤鱼悠然而去。

逃难途中，遇到一个农夫，话语中农夫知是方三公父子遇难，赶紧为他打开镣铐。农夫原是小商贩，客居浦源时得了重病，幸得方三公医治并接济银两方得不死，今感恩图报，将锡繁公带到山上的破瓦窑洞藏匿起

来，便沿途去找方三公。清军随后追查至洞口，见蜘网密布，故未进洞搜索（后人为纪念蜘蛛的功劳，浦源后人均不打蜘蛛）。锡繁公得以脱难，在农夫家医好了父亲方三公的病。父子俩不敢回村，循入黄家山（今狮城官山一带）隐居。

后来，方三公逝世后，锡繁公将父安葬后，想起曾经的诺言"替父送死"。为了"义"，他自动往宁德投监，县令李即龙钦慕其孝行，不忍伤害，只在狱中关押，几年后死于狱中，李即龙为题匾"考迈黔娄"存于郑氏祠堂，其岳父家人也送"孝德动天"的匾额。

清朝灭亡后，为了纪念褒扬孝子锡繁公，1918年，在鲤鱼溪东侧300米古道处，建孝子坊，坊旁立有褒扬建坊记，记述孝子锡繁公的事迹。

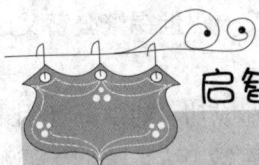

启智一点通

孝心，是最大的尊老。自古以来，凡是有孝心的人，都会受到别人的尊重。因为人人都有父母，人人都会做父母，父母生己身，又有养育之恩，不孝敬父母，就是忘恩负义，是任何人都不齿的。所以说，我们没有任何理由不爱自己的父母，不尊重老人。

吉分鸣冤

在南朝梁武帝当了皇帝的第二年，京城建康发生了一件孝子击鼓救父的直诉事件。这个孝子名叫吉分，从小便很懂事，孝顺父母、友爱兄弟，一家人过着其乐融融的生活。

吉分 11 岁那年，母亲便撒手人寰了。梁武帝刚刚即位的天监初年，吉分的父亲做了吴兴原乡县令。父亲的官俸虽然微薄，却是全家唯一的生活来源。由于父亲为官正直，因此招致了一些人的不满。这些人便罗织罪名，将吉分的父亲推向了死亡的边缘。由于父亲身背大罪，便被押送到中央的廷尉候审。当时，吉分已成为一个 15 岁的少年，面对着渐渐远去的父亲的囚车，他决定赴京救父。吉分每到一处，便向官员打扮的人哭诉冤情，这一情景令路人无不动容。然而，事态却并没有向好的方向发展。吉分的父亲虽然是清白的，但由于他无法忍受无辜遭审的折磨，便招认了自己的"罪状"，朝廷很快给他定了死刑。吉分听闻噩耗，差点昏死过去。待清醒过来后，他鼓足勇气敲响了登闻鼓。

所谓"登闻鼓"，是取"登时上闻"之意，源自西周的路鼓，魏晋时期开始正式设置，一直沿用至清代。登闻鼓是古代民情上达的一种重要渠道，自从有了登闻鼓，"击鼓鸣冤"便成为百姓直诉的一种重要形式。

吉分敲响登闻鼓，申诉其父的冤枉，并恳请朝廷允许自己代替父亲受刑。阵阵鼓声果然惊动了梁朝的开国之君。梁武帝对这个少年的举动十分惊叹，认为吉分请死赎父，义诚可嘉，但又怀疑一个孩子做出这样的举动，恐怕是有人在背后指使。于是，梁武帝下令廷尉卿蔡法度彻查此事。蔡法度认为小孩子就怕吓唬，于是他命人在廷尉大堂上摆满了各种刑具，还让所有下属官员参加审讯，欲逼吉分就范。审讯过程中，蔡法度对吉分声色俱厉，一定要让他供出幕后指使之人。面对压人的气势，吉分毫无惧色，据理力争，表达了坚决替父而死的决心。

吉分真切的孝行，感动了蔡法度和每一个在场的人。蔡法度见状不再逼问，他见吉分身披大人用的沉重枷锁，心有不忍，便打算命人为其更换一副轻巧的刑具。吉分立即拒绝了蔡法度的美意，说道："我今天求代父死，已是死罪之囚，刑具只能增加，怎能减少呢？"蔡法度将吉分的言行向梁武帝作了汇报，梁武帝立即下令赦免了吉分的父亲。

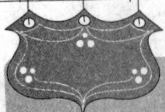

启智一点通

吉分虽然年幼，为了替父亲申冤，不顾路途遥远，置生死于度外，宁愿替父亲受刑。这种行为把孝心推到了极致。当自己的父母正在蒙难时，做儿女的理应全力去搭救他。因为在我们小时候，遇到不测时，父母也会倾其全力搭救我们。这不仅仅是单纯的回报，而是人间一种最无私的大爱。爱心就是孝心，有爱心的人，也会有孝心。

替父从军

北魏王朝迁都洛阳之后，经常受到边陲一些少数民族的侵扰。孝文帝时，匈奴贵族带兵南下，俘掳百姓，掠夺财物，给中原地区人民的生产和生活造成了极大的危害。于是，孝文帝下令征兵抗击，花木兰的父亲也在应征之列。卫国保家、抵御强暴，本是每一个热血男儿义不容辞的职责，可是偏偏就在这个时候，花木兰的父亲重病在身，连床都不能下，根本无法从军。调防令一次次地催逼，父亲的病却一天天地加重。

按当时的律例，应征者无法从军，可由家中其他男丁替代。可是花木兰没有哥哥，只有一个弟弟，年龄还很小，无法应征。"军令如山倒"，违抗了军令不仅父亲要被治罪，还将祸及全家。一家人整日愁眉紧锁，哀声叹气。大家正着急时，从屋里走出一个戎装小伙，英姿飒爽，大家开始都愣住了，定睛一看，才认出这个少年就是花木兰。在家中，木兰性情最为刚烈，对父母也极为孝敬。她见家中处境困难，暗暗思忖：父亲病重，弟弟又年幼，无法从军，我虽是女儿身，难道就不能为父母分担忧愁，不能担负起卫国保家的责任，像男子一样从军打仗吗？所以，木兰决定女扮男

装，替父从军。面对木兰的惊人之举，父母既激动又担心，一个弱女子混在男人堆里拼搏厮杀，怎能让人放心得下。可是，不让她去，父亲及全家都将被治罪。木兰看出了父母的心思，安慰道："父母放心，女儿此去征战边关，既为朝廷又为全家，即使战死沙场也无遗憾。"父母见女儿态度坚决，只得流着泪送木兰走上了征途。

从此，花木兰跟随军队转战千里，驰骋战场。耳边听到的不是父母亲切的呼唤，而是"燕山胡骑鸣啾啾""黄河流水鸣溅溅"；见到的不是父母姊妹熟悉的笑脸，而是荒漠凄凉的战场；手中拿的不是绣花的针线，而是沉甸甸的刀枪。

花木兰从军整整 13 年，她作战十分勇敢，屡立战功，受到人们的爱戴，可谁也没有想到在自己身边与自己并肩作战的这位勇敢的战士，竟然是一个裙钗女子。直到很久以后，花木兰女扮男装的事迹才逐渐传开，人们惊叹不已，不仅佩服她的胆识和勇气，也为她替父从军的孝心所感动。

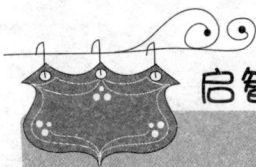

启智一点通

　　花木兰代父从军的故事，千百年来一直流传不息。人们怀着敬仰的心情广泛地传颂着她的故事，她也一直受到我国人民的崇敬。我们最崇敬的，并不是她保家卫国的英雄气概，而是她代父从军的勇气和孝心。在古代，一个女孩子能做到这一点，殊为不易。我们所要继承的，就是这种替父亲着想、为家庭分忧、为亲人赴汤蹈火的志气和爱心。

小女子忠孝双全

明朝湖南道川守将沈至绪，有一个独生女儿，名叫沈云英，自小聪明好学，跟父亲学得一身好武艺。一次，父亲率兵迎敌，不幸战死，当时沈云英才 17 岁。

为了继承父亲的遗志，继续与敌军作战，她登上高处，大声呼喊："我虽然是一个小女子，为完成父亲守城的遗志，我要决一死战。希望全体军民保卫家乡。"大家深受感动，发誓要夺回失地。在她的带领下，兵士们很快解除了包围，取得了胜利。

沈云英找到父亲的尸体，大声痛哭，全体军民都穿上孝服，参加了葬礼。朝廷下令追封沈至绪为副总兵，并任命沈云英为游击将军，继续守卫道州府。后来人们为她建了一座忠孝双全的纪念祠。有诗颂曰：

异军攻城围义兵，
娥眉汗马解围城。
父仇国难两湔雪，
千古流芳忠孝名。

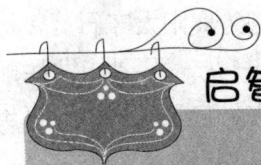

启智一点通

　　沈云英虽然年幼，却能化悲痛为力量，继承父志，代父指挥军队勇猛杀敌，取得胜利。说她忠孝两全，一是对国忠，代父杀敌，为国尽忠；二是对父孝，表现在继承父亲的遗志，接过父亲的指挥棒，替父守住了一座城。这种孝，是最伟大的孝心，是最值得歌颂的孝心。

荀灌娘搬兵

　　荀灌娘生于晋惠帝元康元年，从小不喜欢读书写字，更与针织女红无缘，却偏爱舞枪弄剑，打拳踢腿，小小的女孩儿家，比男孩子还要狂飚骠顽。她的父母无可奈何，索性顺其天性发展，并聘请名师授其武艺。荀灌娘10岁以后已能骑马张弓，一根小银枪更是挥舞得出神入化，俨然就是个小女侠的模样。

　　荀灌娘的父亲是被誉为"履孝居忠，无惭往烈"的荀崧，他世袭侯爵，曾任襄阳太守，继擢平南将军，坐镇宛城，都督江北诸军事，后封曲陵公。

　　荀崧由襄阳太守调升平南将军，是在晋愍帝建兴元年，当时驻节宛城，也就是今天的河南南阳。就在荀灌娘13岁这年，春耕刚过，几万贼兵在匪首杜曾带领下由西域流窜到宛城。当时宛城守军仅有千人，又在青黄不接的时侯，贮存的粮草十分有限，势难长期固守，情况非常危急。

　　荀崧自忖城中兵力薄弱，守御尚且不足，更不可能出击，然而长此困守，待至矢尽粮绝又当如何呢？想来想去，唯一可行的办法，就是派遣一

个智勇双全的人突围出城，驰往临近的襄阳求救。因为襄阳太守石览，是荀内崧的旧部，这时他驻守襄阳，兵强粮足，雄视一方，只要能发兵前来，必可解救宛城之围。荀崧把自己的计划向文武官员宣示以后，大家虽然十分赞同，但却没有一人愿意担任突围求救的任务。

荀崧感叹不已，正在一筹莫展的时侯，突然间荀灌娘由屏风后转出，朗声说道："女儿愿往襄阳投书请援！"荀崧大惊，加以拒绝："满城文武都不敢担此重任，你一个小小女孩子，如何能够突出重围，又如何能够抵挡贼兵的追杀？"不料荀灌娘却答道："女儿虽然幼小，但却习得一身武艺，乘敌不备，出其不意，必可突围而出。与其坐以待毙，何不冒险一行。倘能如愿，不仅可以保全城池，实际上也拯救了黎民百性的生命财产，如果不幸为贼兵所阻，顶多也不过是一死而已。同是一死，何不死里求生，冒险一行呢！"

事实确实如此。荀崧考虑良久又作了一番研究与安排，终于同意了女儿的请求，于是选派了壮士10余人，组织了一支闪电突击队，借着浓浓的夜色，一涌而出，向襄阳城飞奔而去。马快情急，穿垒而过，贼兵措手不及，眼睁睁地看着一队人马消失在黑暗的远方。

一路奔波，荀灌娘他们于第三天的午后抵达襄阳。襄阳太守石览看到老上司的求救信，又听到荀灌娘的慷慨陈词，对一个13岁的女孩子甘冒矢石突出千军万马包围的精神和胆识，不禁大为感动，当即发兵，而且还修书一封连夜飞驰荆州太守周仿，请他协同出兵解救宛城之围。

大军赶到，如火如荼的战斗展开，荀灌娘挥舞银枪左冲右突，大获全胜。

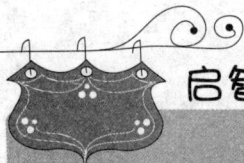

启智一点通

一个人的一生，有一件事足以传世即可俯仰无愧，何况是一个13岁的小女子，竟能突出重围，以其勇毅与纯诚，搬来救援大军，复以奋不顾身的胆识与豪气，连番击杀贼将，获得辉煌的胜利，宛城千千万万的军民赖以保全，整个国家也深受其利。她的行为，大而言之，是为了拯救一座城市，小而言之，是为父分忧，但从她的年龄上来看，说她是为父分忧更恰当些。

张无择只身引敌

张无择出生在北宋末期，从小就失去了父亲，母子俩相依为命过着贫寒的生活。张无择的母亲自失去丈夫以后，因悲痛过度长期卧病在床，张无择既要服侍母亲又得下地干活。左右邻居人人都夸他是个懂事的孩子。可是当时正值金兵入侵，兵荒马乱，百姓生活在惶恐不安中，时刻都会遭到金兵的掠夺与抢杀。张无择的母亲每天躺在床上却担忧着儿子在外干活，病情越来越重。

张无择为了救母亲，拭着眼泪去姑姑家借钱医治母亲，在回家的路上碰到许多同乡人，都纷纷往外逃难，一打听原来金兵将到，张无择赶忙跑回家中，马上背起重病中的母亲逃难。那天正好下着大雪，张无择为了不让母亲受寒脱下自己的衣服披在母亲的背上，冒着鹅毛般的大雪跟跟跄跄三步两滑地往前逃。不久，他似乎感到母亲不省人事，于是他咬着牙三步并成两步走，摸黑找到一户好心人家，讨了一碗热粥，一调羹一调羹地喂

母亲。过了一会儿，母亲总算睁开了眼睛，这下张无择心里落下了一块大石头。然后他又背起母亲继续赶路。

第二天，张无择和母亲继续逃难。这时逃难的人越来越多，而且神情惊恐，张无择向旁人一打听，才知道原来金兵快要追上来了，被金兵追上的人都死在了刀下。逃难的人都争先恐后地往前跑，张无择本来就个子矮小，加上一天没吃东西了，又背着母亲逃了这么远的路，实在支撑不住了。这个时候他意识到如果还像刚才那样的话，他和母亲都要被金兵追上。可是附近没有能藏人的地方，只有一个水潭，怎么办呢？于是他把母亲隐蔽地悬挂在溪水潭边，又用茅草把母亲盖起来，这样既不易被金兵发现又能保暖。他跟母亲说好，等自己把金兵引开以后再回来接她。张无择的母亲听说他以自己引开金兵，拉着他的手流着泪说："孩子啊，你一个人快点走吧，不要管娘了。"张无择说："娘，你放心，孩儿一会儿就来接您，您躲在这里千万不要出声。"

张无择告别母亲，朝着金兵的方向跑去，并且大声吆喝，引起了金兵的注意。金兵纷纷追着跑来，张无择引着金兵走上了另一条路。

张无择的母亲焦急地等着儿子回来，可是杳无音信。张无择的母亲被路人发现救了上来，逃过一劫，可是张无择却不知所终。后人都为张无择的孝心所感动，在当年救他母亲的溪水潭边建造了一座"悬慈桥"。

启智一点通

张无择为了保护母亲不受敌兵侵害，只身引开敌兵，致使自己不知所终，要么惨死敌手，要么被敌兵掳去。一个人在危急时刻，把生的希望留给亲人，把生命危险引到自己身上，再也没有比这更大的孝心了。假如他只顾自己逃命，他可能得救了，母亲就不会得救；假如他不引开敌兵，只能和母亲同归于尽。他不仅有大孝，也有大智大爱。

劈山救母

　　有个书生叫刘向，上京赶考时，顺道登华山一游。华山上有一座神庙，庙神华岳三娘是一位美丽善良的仙女，自从被王母派遣到华山后，一直过着孤独寂寞的生活。这天，她正在庙中吟歌曼舞，消磨时光，突然发现一个书生跨进了庙门。她急忙登上莲花宝座，化为一尊塑像。走进大殿的刘向，一眼就看到了三娘的塑像俊丽、温柔、安娴，刘向被深深吸引住了，心想要是能娶她做妻子该多幸福啊！可惜这只是一尊没有情感知觉的雕像。刘向怀着深深的遗憾，抑制不住内心的激动，取出笔墨，深情地在墙上抒写了自己对三娘的爱慕之情。

　　三娘默默地看着这一切，心中不禁百感交集。面前这个书生多么英俊倜傥，文采斐然，他对自己满怀深情，而自己又何尝不被他深深吸引，又何尝不爱恋他呢？可是，一个是上界仙女，一个是下方凡人，又哪能缔结姻缘呢？目送怅怅离去又依依不舍的刘向，三娘再也不能平静了。她沉吟再三，终于决定不顾天条禁令，要与刘向结为夫妻。于是，三娘便化为一民间女子，追上刘向，向他道出了真情，从此二人两情依依，结为伉俪，恩爱无比。刘向考期将临，三娘已有孕在身，依依惜别之时，刘向赠给三娘一块祖传沉香，说日后生子可用"沉香"为名。二人十里相送，难舍难分。

　　刘向在京城一举中榜，被任命为扬州府巡按。就在他走马上任之时，华岳三娘却遭难了。原来，这时正值王母娘娘生日，在天宫大办蟠桃会，各路神仙均来赴会祝寿，可是三娘有孕在身，便推脱染病而留在华山。谁知，真情被三娘的哥哥二郎神知道了，二郎神勃然大怒，责怪妹妹私嫁凡人，触犯天条律令，要捉她上天受惩罚。三娘一身正气，毫不畏惧，况且她随身还有一件王母赠的宝物——宝莲灯，此物是三娘的镇山之宝，无论哪路妖魔，哪方神仙，只要宝莲灯大放异彩，都会被震服，束手就擒。二

郎神自知不敌，就令自己的天犬乘三娘休息之际，偷盗而出。这样，可怜的三娘就被二郎神压在华山下的黑云洞中。三娘在暗无天日的洞中生下了儿子沉香，为防不测，她偷偷恳求夜叉，将儿子送到扬州，留在其父刘向身边。

沉香长大了，渐渐懂事了，知道了母亲被压在华山下受苦，就一心想救出母亲三娘。他把想法对父亲说了，无奈刘向也只是一介文弱书生，只有叹气摇头。于是沉香便独自离家，去找母亲。他吃尽了千辛万苦，终于走到了华山。可是母亲在哪里呢？这个只有8岁的孩子，不知所措，放声大哭起来。凄厉痛苦的哭喊声，在空谷回荡，惊动了路过此地的霹雳大仙。好心的大仙，问明情由，深为善良的三娘和受苦的孩子鸣不平，可是也无可奈何。于是他将沉香带回自己的住所。沉香在大仙的指点下，刻苦认真地学习，渐渐学会了六韬三略、百般武艺、七十三变。16岁生日那天，沉香向师父辞行，要去华山救母。大仙称他有志气，并赠给他一柄萱花开山神斧。

沉香腾云驾雾，来到华山黑云洞前。他大声呼唤娘亲，声声穿透重重岩层，传入三娘耳中。三娘不由心情激荡，百感在心。她知儿子已长大成人，一片孝心来救自己，激动不已，就将沉香唤到洞前。三娘自知哥哥二郎神神通广大，当年大闹天宫的孙悟空也败在他手中；沉香又年幼，况且二郎神还盗去了宝莲灯，儿子哪能是他的对手呢？所以，三娘叫沉香去向舅舅求情。

沉香飞身来到二郎庙，向二郎神苦苦哀求。谁知二郎神铁石心肠，不但不肯放出三娘，反而舞起三尖两刃刀，要向沉香下手。沉香怒不可遏，觉得二郎神欺人太甚，便抡起神斧，与他打起来。两人云里雾里，刀来斧往，山里水里，变龙变鱼，从天上杀到地上，再从人间杀回天宫，直杀得山摇地动，江翻海捣，天昏地暗。这件事惊动了太白金星，派了四位大仙去看个究竟。四仙姑在云端里看了一阵，觉得二郎神身为舅舅，如此凶狠地对待外甥，太无情无义了，于是相互使了眼色，暗中助了沉香一臂之力。沉香越斗越勇，越战越神，二郎神再也招架不住，只得落荒而逃，宝莲灯也落入了沉香之手。

沉香立即飞回华山，举起萱花开山神斧，奋力猛劈。只听得"轰隆隆"一声巨响，地动山摇，华山裂开了。沉香急忙找到黑云洞，救出了母

亲。整整 16 年，受尽了苦难的三娘终于重见天日，她与儿子紧紧抱在一起，百感交集，泪流满面。

后来，二郎神也向三娘、沉香认了错，沉香也被玉帝赦封了仙职。从此，三娘、刘向和他们的英雄儿子沉香全家团圆，永远幸福地生活在一起。

启智一点通

沉香救母的故事，通过影视节目《宝莲灯》的传播，可以说达到了家喻户晓的程度。这虽然是一个神话故事，但其中表现出来的孝母之心、救母之志和"母亲痛苦我就不幸福"的爱母之情，足可以感天动地。可见，孝敬长亲，自古同为至理，是人世的美德和人伦的正道。

缇萦上书

公元前 167 年，临淄地方有个小姑娘名叫淳于缇萦。她的父亲淳于意，本来是个读书人，因为喜欢医学，经常给人看病，出了名。后来他做了太仓令，但他不愿意跟做官的来往，也不会拍上司的马屁，没有多久，辞了职，当起医生来了。

有一次，有个大商人的妻子生了病，请淳于意医治。那病人吃了药，病没见好转，过了几天死了。大商人仗势向官府告了淳于意一状，说他医错了病。当地的官吏判他"肉刑"（当时的肉刑有脸上刺字、割去鼻子、砍去左足或右足等），要把他押解到长安去受刑。

淳于意有 5 个女儿，可没有儿子。他被押解到长安去离开家的时候，望着女儿们叹气，说："唉，可惜我没有男孩，遇到急难，一个有用的也

没有。"

几个女儿都低着头伤心得直哭，只有最小的女儿缇萦又是悲伤，又是气愤。她想："为什么女儿偏没有用呢？"

她提出要陪父亲一起上长安去，家里人再三劝阻她也没有用。

缇萦到了长安，托人写了一封奏章，到宫门口递给守门的人。

汉文帝接到奏章，知道上书的是个小姑娘，倒很重视。那奏章上写着：

> 我叫缇萦，是太仓令淳于意的小女儿。我父亲做官的时候，齐地的人都说他是个清官。这回他犯了罪，被判处肉刑。我不但为父亲难过，也为所有受肉刑的人伤心。一个人砍去脚就成了残废，割去了鼻子，不能再接上去，以后就是想改过自新，也没有办法了。我情愿给官府没收为奴婢，替父亲赎罪，好让他有个改过自新的机会。

汉文帝看了信，十分同情这个小姑娘，又觉得她说得有道理，就召集大臣们，对大臣们说："犯了罪该受罚，这是没有话说的。可是受了罚，也该让他重新做人才是。现在惩办一个犯人，在他脸上刺字或者毁坏他的肢体，这样的刑罚怎么能劝人为善呢？你们商量一个代替肉刑的办法吧！"

大臣们一商议，拟定了一个办法，把肉刑改用打板子：原来判砍去脚的，改为打500板子；原来判割鼻子的改为打300板子。汉文帝正式下令废除肉刑。这样，缇萦就救了她的父亲。

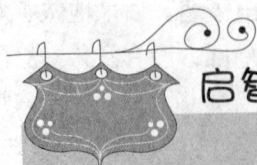

启智一点通

　　小缇萦有胆量有孝心，用她的一片真心打动了汉文帝，不仅救了父亲，也使一种酷刑得以废除。是孝心救了她的父亲，也救了她自己。自古以来，孝心是最大的人伦，不管是谁统治，都提倡孝心，奖励孝心，就是这个道理。

自缚救父

　　冯恩是明世宗嘉靖年间的南京御史。嘉靖十一年冬天，天空出现彗星，皇帝下诏要百官直言朝政阙失。冯恩上疏抨击了大学士张孚敬、方献夫、右都御史汪鋐的奸恶。世宗看了这封奏疏大怒，马上将冯恩交与锦衣卫审讯，追究策划此疏的主使人是谁。冯恩每天都要受到严刑拷打，几次被打得死去活来，可他都丝毫不改初衷。

　　次年春，冯恩此案被移交刑部审理。世宗意欲给他定个上疏诋毁大臣德政的罪名，处以死刑。刑部尚书王时中为他辩护说："冯恩上疏评论大臣，毁誉参半，并非专一诋毁，不应处死，可以减等遣戍。"大臣违反皇帝的意向，使世宗极为生气，他说："冯恩并非专攻朕所信赖的张孚敬等三人，主要是由于对前些年议定的'大礼'不满。这种仇视君上的行为，死有余辜！你们刑部官难道想欺公卖狱吗？"立即下令将王时中撤职，侍郎闻渊被夺俸，郎中张国维、员外郎孙云被贬往极边任杂职。而冯恩竟在皇帝的强行要求下被判死刑。

　　冯恩13岁的长子行可，到朝堂伏阙讼冤，日夜匍匐长安街，见有朝官经过，就拉住轿马号哭求救，但虽有人可怜却没有人敢站出来说话。这时汪鋐已经升任吏部尚书，新任都御史王廷相以为冯恩的罪名定得不妥，请求宽宥，世宗根本不听。

　　到了"朝审"的时候，汪鋐以吏部尚书例当主笔，面向东坐。冯恩被押上后，面向北面的帝位跪着，以此表示对汪的藐视。汪鋐叫兵士将冯恩拽向自己跪着。冯恩干脆站起不跪。吏卒呵斥他，他厉声怒斥吏卒，吏卒皆不敢动。汪鋐无法，只好说："你屡屡上疏，想要杀我，今天我先杀了你！"冯恩怒目而视，说："圣天子在上，你身为大臣，却想假公济私，杀死言官吗？而且这是什么地方，你竟公然当着百官的面发泄私怨，也太肆

无忌惮了！我死之后，要变为厉鬼，惩治你这奸贼！"汪鋐又说："你平日自称多么正直廉洁，可在监狱中却数次接受别人的馈赠，这该怎讲？"冯恩冷笑道："患难相扶，这是古已有之的美德，岂像你招权纳贿、卖官卖爵！"接着又当着众官的面，揭露了汪鋐许多丑事。

汪鋐被冯恩骂得怒火中烧，情不自禁，掀翻案桌，上前揪住冯恩就要动手殴打，冯恩也毫不畏惧，骂不绝口。同审的都御史王廷相、尚书夏言，眼看主审官与囚犯居然相骂相打，实不成体统，急忙上前制止，汪鋐只得咬牙切齿地住手。但他依然强行主张，给此案定了个"情真"的结语。

朝审结束后，冯恩被押出长安门，京城人士和百姓夹道争睹他的风采，很多人感慨地说："这个御史，不但口如铁，而且他的膝头、肝胆、骨头都是铁铸的，不愧是一个钢筋铁骨的'四铁御史'。"

此时，冯恩80多岁的母亲吴氏，去击鼓鸣冤，为儿子讨还公道。冯恩的儿子行可，刺血写疏，自缚阙下，请求代父服刑受死。世宗因此也动了恻隐之心，命有关法司再议行处。尚书聂贤、都御史王廷相奏称以前判冯恩死刑所引用的律条，情节与法律不相合，应当引用"奏事不合"的条文，改判输赎还职。世宗认为太轻，最后判了谪戍雷州。而两个月后，汪鋐亦因贪污太甚，被罢官。

冯恩戍外6年，后遇赦还朝。穆宗即位，才录用其为大理寺丞。

启智一点通

面对固执己见的皇帝，连为冯恩说公道话的刑部尚书都因此被撤了职，一个小孩子又能做些什么呢？但是小行可血书上奏，愿替父死，以及老母亲亲自为儿子鸣冤，这些行动最终使皇帝产生了恻隐之心，没有处死冯恩。可见，孝心是感天动地的力量，自古以来都是人人遵循的"正道"。又有谁不会为愿意替父而死的"孝心"而感动呢？

笼负母归

鲍出是后汉时新丰人，天生魁伟，生性至孝。一天，他不在家，一伙强盗把他母亲劫走。鲍出闻讯后，怒发冲冠，抄起一把刀就不顾一切地追了上去。沿途杀了十几个贼人，终于追上了劫掠他母亲的强盗，远远看见母亲和邻居老妪被绑在一起。他大吼一声，奋力上前。众贼见他来势凶猛，锐不可当，吓得四散逃命。鲍出顾不上追敌，径直跑上前来，叩头请罪，跪着给母亲和邻居老人解开绑绳，将她们解救回家。

后来，战乱纷起，他就侍奉母亲到南阳避难。贼乱平定，其母思归故乡，可是路上跋山涉水，抬轿难行，鲍出思虑再三，就编了一个竹笼，请母亲坐在笼中，将她背回家乡。

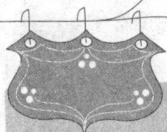

启智一点通

鲍出救母于危难的行为，充分体现了他视亲如命、为母请命、为母分忧的赤子胸怀，这不只是一种孝道，更是一种为保护母亲安危而不顾一切的牺牲精神。

半工半读养母亲

在中国为数不多的女化学家中，有一个名字叫高小霞。

小霞是浙江萧山人，她的童年生活没有欢乐，充满着苦涩。小霞的父亲写一手好字，是个被旧社会埋没的书法家，在上海中华书局当编辑。为了让小霞读书，在她八岁那一年，父亲就把她从家乡接到了上海。

小霞小小年纪就悉心照料体弱多病的父亲，问寒问暖。她知道学习机会得来不易，抓紧时间刻苦读书，用八年时间读完了十二年的功课，在十九岁那一年考取了当时有名的西南联合大学。可是，年迈的父亲却失业了。小霞接到大学录取通知书后，却没有去四川上大学。她知道家境艰难，要靠自己的劳动养活一家人。于是，她进了一所中学当教师，挣钱补贴家用，照顾父母。

她边教边学，两年后，又考上了上海交通大学化学系。偏偏在这个时候，父亲经不起贫穷和疾病的折磨，不幸去世了。残破的家失去了支柱，小霞全家又一次陷入了窘境。

母亲含泪问女儿："小霞，今后我们可怎么办呢？妈妈不想拦你上学，可是，你那学费上哪儿弄去啊！……难哪！"

小霞掏出手帕，为母亲擦去泪水，安慰她说："妈，您不用着急，我早想好了，白天我去大学听课，晚上给人家当家庭教师。这样，学费也有了，还能养活您老人家呢。"

听了女儿的话，妈妈哭得更伤心了："小霞，那样你太辛苦了，你会吃不消的！"

小霞脸上勉强露出一丝笑容："妈妈，您别为我担心，我苦惯了，不要紧的。只是我在家的时间少了，照顾不了您，挺不放心的。"

就这样，高小霞鼓起生活的勇气，走进了上海交通大学的大门。白

天，她和同学们一起专心听课。上完课，别的同学可以在学校里娱乐、休息，高小霞闷头在教室里赶作业。到了夜幕降临的时候，她匆匆赶去家教。肚子饿了，来不及吃饭，就买块烤红薯充饥。

她披星戴月给有钱人家的孩子辅导功课。孩子吃的是糕点，喝的是牛奶，他们哪里知道，家庭教师这时还饥肠辘辘呢！小霞总是小心翼翼地教，她知道，稍不注意，惹恼了人家，这样的工作也可能随时丢掉。

小霞在奔波劳碌中熬过了一个月，她终于拿到了几块银元，这是她的血汗钱啊！高小霞拿着工资回到家中，如数交给母亲。母亲含着热泪把两块银元塞到小霞手里，哽咽地说："小霞，你……瘦多了，这是你挣来的。拿着，买点你要用的东西！"

"妈……，您给我的零用钱，还有呢！"高小霞说罢，扭转身子，两颗晶莹的泪珠滴到她的手背上，碎了。

高小霞硬是这样半工半读，边上大学边家教赡养老母，坚持了好几年。交大同学中，有的念不下去，中途退学了。最后全班只剩下二十一位同学，高小霞是其中唯一的女同学。同学们都称赞她："高小霞在学校里是优等生，在家里是孝女！"

小霞在毕业考试时，总成绩排在全班第五名呢！

启智一点通

靠自己艰辛的劳动和坚强的意志，小霞不仅供自己读书，也供养了年迈有病的母亲。世上没有比这更令人感动的事迹和精神了。当我们处在衣食无忧的环境中，我们要学习的，就是这种自立自强的精神和悉心照料亲人、为家分忧的责任心。如果一个孩子缺少这种关爱亲人、为家分担的责任心，我们就会成为一个自私的人。你说是吗？

吴猛以血饱蚊

　　吴猛是晋朝人，自幼就是非常孝顺的人。当其他8岁的小孩子还在父母的庇护下撒娇时，吴猛就已经懂得如何孝敬父母了。

　　刚入夏，吴猛发现父母的眼睛老是布满血丝，红红的，没有一点精神。他很奇怪。不知道为什么，后来经多次细心观察，吴猛发现了原因。原来吴猛家境非常贫寒，住在偏僻落后的地方，屋子破旧，又靠近小河边，所以蚊子异常多。可家中又穷得买不起蚊帐，所以每逢夏夜，满屋子的蚊子便嗡嗡地响，叮得父母这里一个包，那里一个包，搅得父母睡不了觉。

　　吴猛知道父亲每天都起早摸黑到外面干活儿，在外已经被炎炎烈日晒得头晕脑胀、筋疲力尽了，回来后应该好好休息，睡一觉，第二天才有精神和体力继续干活。而母亲也要大清早就到外头去帮佣，赚一点钱补贴家用，劳累了一天的母亲也疲惫不堪。父母本应该好好休息，可都因为蚊子被叮得睡不好，才经常眼睛里布满血丝。

　　吴猛非常心疼父母，很是着急。他想来想去，最后干脆就把衣服脱掉，先去躺在床上，任凭屋子里的蚊子来叮咬他。尽管蚊子那么多，统统围在他的身上，他还是忍耐着。为了父母，他能忍受着痛、忍受着痒，忍受这些蚊子在他身上任意叮咬。因为他怕他赶走了这些蚊子后，蚊子再去叮咬他的父母，他不忍心让父母被咬，就任凭蚊子吃得饱饱的，希望蚊子叮了自己之后，不要再去咬父母。结果吴猛经常被蚊子咬得伤痕累累，满身是包，并且整个夏天都如此坚持了下来。

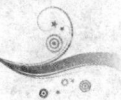

启智一点通

　　这是多么孝敬、体贴父母的孩子！用自己的血肉和伤痛换来父母的安眠，小小的年纪，就这样至情，这样体贴亲意，实在是非常感人。父母养育儿女，整天担心孩子吃不好，担心出门发生意外，可以说把孩子照顾得无微不至，任何一点点的伤害，父母都会感到不安和心疼。父母不计一切的辛劳，只希望孩子能在安全、温暖、保护当中茁壮成长。父母爱护自己的子女是如此的情深，那么为人子女的怎么不能像吴猛这样，为父母做一点回馈？所以说，我们一定要向吴猛学习，体贴父母，报答我们父母的亲恩。

虎口夺母

　　清代，有个人名叫赵瓒，是柏乡余舍村的农民，家里很穷，对老母却非常孝敬。

　　有一天，赵瓒出去打柴，他的母亲到院子里拿柴禾，准备烧火做饭。突然有一只老虎，跑进了村子里，直接奔向赵瓒的家中。赵瓒回到村子，人们老远就对他喊道："老虎闯进你家了，千万不要回去！"

　　赵瓒一听此言，立刻想到母亲的安全，急忙抽出挑柴禾的扁担，闯入自家院子，正好看见老虎嘴里叼着母亲出来，便奋力打虎。由于院子小，老虎不能转身，况且它又叼着人，不放下人来不能和他搏斗。老虎无奈，只好放下他的母亲，准备向赵瓒扑来。

　　这时，县里官吏听说老虎危害之事，急忙带着勇士赶来，当即放箭射死了老虎。赵瓒母子二人，幸免于难。县令得知赵瓒平素勤俭持家，奉母

至孝，今天，又奋不顾身，斗虎救母，心里十分高兴，便在赵家门前，树一旗帜，上写"纯孝"二字，以作表彰。百姓们见了，无不拍手叫好。

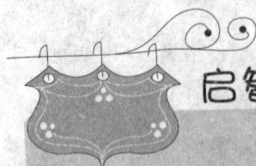

启智一点通

　　中国古圣先贤的教育首重孝道，所谓百善孝为先，孝道做好了，一切善行德行都会自然跟上。一个有德行的人才能真正造福社会，他将来才会真正感受到幸福。现代社会，多数人虽然在物欲上膨胀，但是有远见的家长们都会在家庭教育上补上"孝子贤孙"这一课。

少年打虎

　　明朝的时候，北方有这样一户人家，母亲抚养着几个年幼的小孩，老大名叫谢定住，从小就非常懂事。打开谢家朝南的大门，可以看到蜿蜒起伏的长城；再往后不到几里地，便是雄伟高峻的太行山。谢家生活虽说不上怎么富裕，却也充满了欢乐。

　　可是，不知从哪一天起，从太行山下来了一只凶猛的老虎，从此，村里就不得安宁了。起初，老虎只是晚上偷偷地跑下山来，溜进村子，偷袭家禽牲畜；后来，大白天也经常蹿至村里袭击单独行走的村民。一时间，人心惶惶。为防不测，人们下田干活都成群结队，还得带上棍棒之类的防身武器。日子一久，好多人家厌烦了这种提心吊胆的日子，干脆搬到城里去住了。

　　但是，谢家不想搬，好心的邻居纷纷前来劝说，谢母总是说："我只是个妇道人家，还带着几个孩子，最大的儿子定住才12岁，除了种地，还

能干什么呢？我们在这里有好几亩田，今年庄稼长得不赖，盼望有个好收成，要是搬迁了，谁来伺候农田呢？"

"可是，这只老虎很厉害呀！如果遇上它，那就太危险了！"人们好言相劝。没想到，谢定住却大声回答道："要是真遇上了老虎，我们会想办法对付，不把它打死，也要把它赶走！"众人啧啧称赞谢定住小小年纪就有这样的胆量。谢母也为自己有这样的儿子而感到骄傲。

一个炎热的中午，意料中的事情发生了。这天，谢定住兄弟几个刚吃完午饭，坐在门口乘凉。忽然，远处传来一阵低沉的吼声，拴在大树上的一头水牛，因受惊吓，挣脱了绳索，发疯似的奔向远方。那可是谢家的命根子啊！谢母顾不得放下手中的孩子，紧追了上去。谢定住见状，也紧跟其后。

他们刚跑近那棵大树，一只猛虎从树后纵身跳出，张开了血盆大口，把谢母扑倒在地。谢母猝不及防，趴在地上，用身子紧紧护着孩子。

在这危急关头，谢定住急忙从地上捡起一根粗木棒，用尽全身力气，朝老虎狠命砸了下去。老虎受到突然打击，大吼一声，夹着尾巴逃走了。谢定住赶忙上前扶起母亲，抱起弟弟。

谢母惊魂未定，再也无心找牛了，拉着谢定住往家里跑。

不料，那老虎没有逃远，它见后面没有动静，又转过身往回走，躲在大树后边。定住母子没走几步路，只觉得身后卷来一股凉风，定住赶紧回头，却见老虎的前爪已搭在母亲肩上，他连忙放下弟弟，抡起手中的粗木棒，对准老虎的天灵盖，狠狠一棒。老虎的眼睛和鼻子被打得出了血，痛得"吼吼"叫了几声，收住前爪，往林中逃去。

这时，谢母吓得双腿直哆嗦："定住啊，我们恐怕逃不掉了。这只老虎这样紧追不舍，看样子是只饿虎，我已经走不动了。"

谢定住从地上抱起弟弟，扶着母亲，显得非常镇定，还安慰母亲说："娘，不要怕！我不是已经打跑了它两次吗？它要再来，我非把它打死不可。"

听了儿子这番话，母亲也渐渐镇定下来了。定住一手抱着弟弟，一手搀着母亲，三步并作两步往家里赶。

岂料，那老虎似乎不达目的不罢休，乘人不备，又紧紧跟了上来。定住偶一回头，见老虎就在身后不远处，心里不免有点惊慌，但他还是压低

了声音，镇定地对母亲说："快走，老虎又来了。"话音刚落，老虎扑了上来，一口咬住谢母的腿，拼命往后拖。谢母大叫起来。目睹这情景，定住既惊慌又焦急，但他很快镇定下来，放下弟弟，大声吆喝。此刻他心里只有一个信念，一定要把母亲从虎口夺下来。

老虎大概被吆喝声镇住了，松口放下谢母，竟一动不动站在原地，惊恐地东张西望。在这一瞬间，定住运足力气，搬起一块石头，猛砸过去，不偏不倚，正好砸在老虎的眼睛上，顿时老虎血流满面，疼痛难忍，连连摇头摆尾。就在定住绕到树后再要搬起石头时，老虎却一转身带伤朝远处逃去。定住母子三人终于化险为夷。

翌日，定住勇斗老虎的事在村里传开了，村民们无不钦佩他的胆量和勇气。

启智一点通

谢定住虽然是个不懂武功的少年，却奇迹般地三打猛虎，而且取得了最终胜利。这是为什么呢？是孝心和勇气。有孝心没有勇气，就不敢斗虎；而有勇气没有孝心，就不会斗虎。谢定住小小年纪就懂得孝心，视母亲的生命为自己的生命，这是一份纯真、朴素的孝心。是孝心给了他力量和斗志，是孝心决定了他的生死一搏。

告父救父

楚国有一个名叫直躬的人，他的父亲偷了别人的羊，直躬将这件事报告楚王，楚王派人捉拿直躬的父亲并打算杀了他。直躬请求代替父亲

受刑。

直躬将要被杀的时候，他对执法官员说："我父亲偷了别人的羊，我将此事报告给大王，这不也是诚实的表现吗？父亲要被处死，我代他受刑，这不也是孝心吗？像我这样既诚实又有孝德的人都要被处死，那么，我们国家还有谁不该被处死呢？"

楚王从执法官员那里听到这一番话，觉得有道理，于是便赦免了直躬。

启智一点通

这个故事告诉我们：我们既要保护和奉养自己的父母，让他们过着美满幸福的生活，也要有是非和正义感，对父母所犯下的错误，不可一味包庇和纵容。这是两个概念，要界线分明。就是说：赡养父母是我们的职责，对父母犯下的错误不包庇也是我们的义务，这二者的关系不容混淆。

一封假家书

甲午战争后，谭嗣同在浏阳倡办《湘报》，成立学社，联合志士仁人积极宣传新学，探讨爱国真理，寻找救亡之法。他的才华被光绪皇帝赏识，不久被授予四品衔，与康有为、梁启超等人一起，成为光绪推行新政的心腹参谋。

但新法一开始就遭到以慈禧太后为首的顽固派的激烈反对，企图致维新派于死地。

1898 年 9 月 21 日，光绪帝被囚，百日维新宣告失败，清政府开始大肆搜捕维新志士，谭嗣同自然在劫难逃。当时，梁启超等人赶到谭嗣同住处对他说："留得青山在，不怕没柴烧。快跟我们一起到日本去暂避一时吧！"

"不！"谭嗣同斩钉截铁地说，"各国变法无不以流血而成，今中国未闻有因变法而流血者，此国之所以不昌也，有之愿自嗣同始！"说着，他拉着梁启超的手说："你们快走吧，多多保重，将来变法要靠你们了！"

梁启超等人离京以后，北京城内乌云密布，眼看一场风暴将至。谭嗣同早已将个人的安危置之度外，但他知道清政府一贯厉行"一人犯法，累及家庭"的株连法，想到自己被捕后即将累及 70 多岁的父亲，他心如刀割。

忽然，他心里一亮，转身走到书桌前取出信笺秉笔直书：

复生：

你大逆不道，屡违父训，妄言维新，狂行变法，有悖国法家规，故而断绝父子情缘。倘若予以不信，愿此信作为凭证，尔后逆子伏法量刑，皆与吾无关。父谭继洵白。

谭嗣同在模拟父亲的笔迹伪造了这封家书后，长长地吐了一口气。他将信笺折好放进抽屉后，走到窗前，对着窗外自语："父亲，孩儿有难，决不牵累您老人家，母亲生前重托，我也决不会忘记！"

原来，谭嗣同 12 岁那年，他母亲和姐兄 3 人均病殁于一场瘟疫。母亲临死前对他说："你父亲脾气倔强，我死后你要好生顺着他，照顾他。"母亲死后不久，谭嗣同也感染瘟疫，一连三日发高烧，父亲到处求医给他治病，日夜在旁守护，终于使他逃脱了死神……

第二天，一队清兵冲进浏阳会馆来抓谭嗣同，还四处搜寻书房里的"罪证"。这时，谭嗣同看到书桌里的那封伪造父亲笔迹的信被清兵搜出交到一名太监手里，他想：这下父亲有救了。

1896 年 9 月 28 日下午，北京宣武门外菜市口大街刑场上发出震撼天地的疾呼："有心杀贼，无力回天，死得其所，快哉快哉！"

谭嗣同英勇就义。谭嗣同的父亲因有"家书"，故免于治罪。

启智一点通

谭嗣同不仅是一个爱国的志士，也是一个心怀父母的孝子。他为国捐躯，却不愿连累父母，便生心一计，假冒家信，使父母免于危难。有道是，一人做事一人当。如果我们在自身难保时，千万不要连累别人，特别是自己的父母。让自己的父母平安幸福，也是做儿女的最大孝心。

少女为父捐肝

为了拯救患肝癌父亲的生命，一位20岁的花季少女勇敢地站了出来，将自己的右侧整肝切下，移植在父亲的体内，让父亲的生命得以延续。这位来自中原油田的女孩叫沈晓晓。

沈晓晓的父亲沈生根是中原油田建筑集团公司建筑安装工程处四分公司经理，2006年被确诊为肝癌。好在从发病到确诊只有十几天的时间，所以癌细胞还没有转移。专家说，要想治疗好并延续他的生命，最好的方法是采取肝脏移植。

然而，经过多方查找，医院没有找到与患者相匹配的肝脏源，只能无限期地等候。一旦错过肝脏移植的最佳时期，即使移植了，他的生命也很难得到保证。唯一能够拯救沈生根生命的，只有和他有血缘关系的直系亲属。

于是，沈晓晓不顾家人的反对，毅然决定捐肝救父。

这一年，晓晓刚刚20周岁，从安阳中医药学校毕业后分在濮阳市人民医院实习。很多人担心护士工作太辛苦，晓晓捐肝后肯定受不了。但晓晓说，这是父亲生存的唯一希望，没有什么可犹豫的。

2006 年 11 月 14 日，在与父亲一起进手术室的前夜，沈晓晓睡不着觉，就借着窗前皎洁的月光，给父母写下了这样一封信："……女儿的生命本来就是一分为二的，一半是父亲，一半是母亲。所以不管任何时候、父母任何一方需要，我都会毫不犹豫付出。明天的一战，对于我和爸爸，以及医护工作者们都是一次考验，战斗的目的就是康复，而康复的前期压力是不能够表现出来的，因为我的犹豫会给爸爸带来更大的痛苦，会使爸爸因为心疼女儿而放弃这大好时机。为了我不能失去的爸爸，明天我一定会勇敢点，再疼也不能流眼泪，因为我不想让我的亲人看到我的眼泪，我只想把笑容留给他们……"

为了稳定爸爸的情绪，晓晓又给医院肝移植首席专家黄志强院士写了一封信，把自己与父亲间的感情以及自己的想法诚恳地向黄院士和盘托出。最后，她希望院士能亲临手术台，给他的父亲以信心。

尽管活体肝移植手术在我国已开展多年，经黄院士主刀的肝移植患者更是不计其数，但是女儿给父亲捐肝的案例却比较罕见，黄院士也是第一次遇到。这位 87 岁高龄的老院士最终被沈晓晓的这份真情感动了，次日果真亲临手术台担任现场顾问，为他们父女俩加油。

15 日上午 8 时 30 分，女儿沈晓晓被推进了手术室。一个半小时后，父亲沈生根也被推进手术室。手术做了 8 个小时，由黄院士的弟子、肝移植科主任董家鸿主刀，将晓晓的右侧整肝（相当于半个肝）切下，顺利移植到了父亲体内。

油田女孩沈晓晓捐肝救父的消息传开后，感动了许多人。

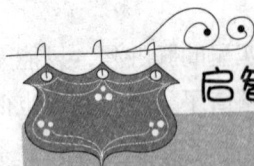

启智一点通

当父亲需要自己付出时，毫不犹豫地奉献出来。沈晓晓的义举既是我们民族传统美德的延续，也是时代精神的要求。热爱父母，不只是体现在日常生活中，也体现中生死考验中。

白血病少年打工救母

这本该是个幸福的家庭。陈辉是家中最受疼爱的小儿子，家里有爸爸、妈妈和一个哥哥。然而 1990 年，陈辉出生不久，母亲徐正珍就因到河边干活患上了产后类风湿，两年后瘫痪不起。6 岁时，因为爸爸要种赖以生存的 4 亩薄田，哥哥上学又不经常在家，所以照顾妈妈的重担就落在了小陈辉的身上，烧火、煮饭、喂猪等家务活儿样样要干。

但是，家庭的贫困，让母亲除了吃点便宜药外，再无钱接受其他治疗，因此，陈辉也只能眼睁睁地看着母亲遭受一次次的病痛折磨。每次看到躺在床上的妈妈，陈辉就感觉很内疚。他认为，如果妈妈不是生下了他，也不会落下这种病。

更不幸的是，2002 年，陈辉被查出患了白血病，唯一的治疗办法就是换骨髓，费用需要 40 万至 50 万元。一家人被这个天文数字吓倒了！此后，每到夜深人静的时候，陈家经常出现两个悲伤和无奈的场景：妈妈躺在床上以泪洗面，她想为儿子治病，想让儿子健康，恨不能把自己的命换给儿子；而在另一间屋内，陈辉则捂着被子不停地哭泣，他恨自己不争气，给家人增添了负担。

到了 2006 年 5 月份，陈辉的血小板仅有 2.8 万，而正常人则有 10 万到 30 万。为了维持生命，陈辉每月要输血一次，而每次都要花掉 1500 元左右。看着父亲整日愁眉苦脸的模样，看着母亲整日哭红的双眼，看着哥哥在外卖命赚钱，陈辉暗暗下定决心：不再接受治疗，出外打工，在自己生命剩余不多的时间内，赚钱为母亲治病。

这年 10 月 7 日早上，陈辉给爸妈留下一封信后，带上 40 多元钱和几件衣服，乘车前往郑州打工。在车上他认识了几个也是去郑州工地干活的人，于是，陈辉跟着他们来到工地上，开始干些扫地、浇水的轻活。

陈辉的感人故事经全国各大媒体相继报道及转载后，引起社会各界极

大关注。为挽救陈辉，许多人伸出援助之手。郑州市第三人民医院表示愿意为陈辉及其母亲提供医疗帮助，著名血液病专家、该院血液科主任赵晓武表示："竭尽全力挽救陈辉的生命。"

面对众多好心人伸出的援助之手，陈辉感慨地说："小时候，爸妈最大的希望是他和哥哥能学有所成，走出这贫穷的家。那时自己就想能好好学习，考上一所理想大学，满足爸妈的心愿。可等患上白血病后，这些都成了泡影，如今他最大的心愿是，到生命终结时，能看到妈妈站起来，这样自己才会带着微笑放心离开。"因此他决定拒绝治疗，省一点钱为母亲治病。

而在医院里，为了省钱给儿子治病，陈辉的母亲也拒绝做任何检查……母亲拉着陈辉的手，眼含泪水看着自己懂事的儿子："傻孩子，你不治病，妈也不治，现在就出院。"

"妈，您一定要治病，您疼起来我都难受死了！"

"孩啊，你是个孝顺的孩子，钱还是给你治病，妈妈的病不要紧。"

"妈，没用的，我的病治不好了，能把您的病治好，我死也安心了。"

"孩子，别说傻话，你不治病，我活着还有什么意思，你好不了，我也不活了。"

母子在病房内的互相谦让，感染了身边许多人，在场的医护人员无不为之动容。

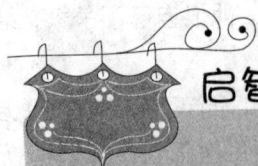

启智一点通

我们常常为那些人间真情故事而感动。父子之情、母子之情、兄弟之情，这些美好的情感，是人类精神的亮点，是人类世代得以繁衍生息的基础和保证。其中父母对儿女的爱心，和儿女对父母的孝心，尤为令人感动。我们继承传统，就要学习这种精神，在自己的父母面前做一个孝子，关心和爱护他们。

我是一个男子汉

　　1980 年的一天，美国一家农场主突然把他 10 岁的儿子洛迪叫到身边，对他说："孩子，我又要出远门了。这样，现在你便是家里唯一的男子汉了。你一定要照顾好你的妈妈！"洛迪庄严地回答说："您放心吧，爸爸！"

　　父亲走了不久，母子俩便遇到了一场罕见的暴风雨。洪水卷走了他们，把他们冲得很远很远。在与洪水的搏斗中，母亲受了伤，她的左臂骨折了。小男孩也已经精疲力竭。可是，洛迪想起父亲临走前嘱咐自己的那句话，他对自己说："我是一个男子汉！我一定要照顾好我的妈妈！"于是，他拉着母亲的手，勇敢地同恶浪搏斗。

　　终于，三个小时过去了，他们到达了浅水，洛迪再次想起了父亲嘱咐他的话。他把母亲放进一间小屋，母亲躺在地上，很快睡着了，可他无法入睡，也不能入睡，他告诫自己："一定要照顾好妈妈。我要保护好我的妈妈！"过了很久，母亲醒了，洛迪搀扶着母亲上了公路。警察发现了他们，用救护车把洛迪的母亲送进了医院。洛迪看到母亲被送进了手术室后，才放心地松了一口气，然后回到家中，倒在床上沉沉地睡了。

　　后来，人们在他的枕头前发现了一张纸条，这是洛迪临睡前写的，上面是一行大字："我是一个男子汉！"

启智一点通

在自然灾害突袭而来时，小洛迪不顾个人安危，把拯救母亲当成自己的神圣使命。在他的心目中，他已经是一个男子汉，有责任保护母亲和家人，有责任在危险面前不懈怠，有责任照顾自己的亲人。他把自己的孝心，提升到一种"责任意识"，并勇往直前地担起来。的确，孝心不是"额外"的负担，是我们应该负起的责任，是我们的神圣职责。认识到这一点，我们更没有理由不顾自己的父母双亲了。

第 4 章

关爱父母，把亲人的冷暖挂在心上

人生是漫长的，父母也有生老病死。当父母慢慢变老了，儿女也就慢慢长大了。我们是他们的传人，更是他们最贴心的人。当我们还年轻时，父母是我们的靠山和支柱；当父母年老时，我们则是父母的拐杖和依靠。在日常生活中，我们要学会关爱父母，体贴父母，把父母的冷暖时刻挂在心上。这不仅是我们的职责，也是我们的义务。

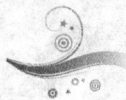

真正的儿子

三个妇女正在从水井里打水。

一个妇女对另一个说道："我的儿子很机灵，力气又大，谁也比不上他。"

另一个妇女接口说："我的儿子会唱歌，唱得像夜莺一样悦耳，谁也没有他这样好的歌喉。"

第三个老妇人则沉默不语。

"你为什么不谈谈自己的儿子呢?"两个邻居问她。

"没有什么好谈的，"她说，"我的儿子一点特长也没有。"

说完，她们装满了水桶，提着走了。老妇人也跟着她们一起走。

忽然，迎面跑来了三个男孩子，一个男孩翻着跟斗，他母亲露出欣赏的笑脸；另一个男孩像夜莺一般唱起来，妇女们都凝神倾听；第三个男孩则跑到母亲身边，从母亲手里接过两只沉重的水桶，提着走了。

这时，那两个妇女自豪地问老妇人："喂，我们的儿子怎么样? 是不是很棒?"

"他们在哪里?"老妇人回答道，"我只看到一个儿子。"

启智一点通

母亲总是无条件地爱自己的孩子，却往往忽视了对他们的品德教育。孩子每一个聪明的表现，每一次取得的好成绩，每一个出众的才能，都令做母亲的兴奋不已。至于是否溺爱，父母却不愿去思考。就像故事中的那两个妇人，尽管她们的孩子一个很机灵，一个会唱歌，却对正在吃苦的母亲不闻不问。时间久了，他们还会同情母亲、疼爱母亲吗？还会有爱心吗？他们也许会成为一个冷漠自私的人。那么，有这样的儿子，与没有这样的儿子有什么区别呢？所以，我们在享受母爱的同时，也要学会爱母亲，像母亲那样懂得关心、体贴自己的亲人。

特殊的应聘

一位名牌大学毕业生去一家大公司应聘。总经理审视着他的脸，出人意料地问："你替父母洗过脚吗？"

"从来没有。"大学生如实回答。

"那么，你给父母捶过背吗？"

大学生想了想，说道："有过，那是在我上小学的时候，为此母亲还给了我 10 元钱。"

在接下来的交谈中，总经理一直在安慰他别灰心，会有希望的。大学生临走时，总经理突然对他说："明天这个时候，请你再到这里来。不过，刚才你说从来没有替父母洗过脚，明天来这里之前，请你一定要为父母洗一次。能做到吗？"这是总经理的吩咐，大学生一口答应了下来。

大学生家境贫寒。他出生不久父亲便去世了，从此，母亲给人当雇工拼命挣钱。孩子慢慢长大了，读书成绩优异，考进了一所名牌大学。学费贵得令人生畏，但母亲毫无怨言，继续靠打工供他上学。就在今日，母亲还在干活，大学生到家时，母亲还没有回来。母亲出门在外，脚一定很脏，他决定替母亲洗脚。

母亲回来后，听儿子说要替她洗脚，感到很奇怪："洗脚？我还洗得动，让我自己来洗吧。"

大学生将自己必须替母亲洗脚的原因一说，母亲很理解，便按儿子的要求坐下，等儿子端来水盆，再把脚伸进水盆里。

大学生右手拿着毛巾，左手去揉母亲的脚，他这才发现母亲的那双脚不知何时已经变得像木头一样僵硬，他不由得潸然泪下。在读书时，他心安理得地花着母亲如期送来的学费和零花钱，现在他才明白，那些钱是母亲的血汗钱。

第二天，大学生如约去了那家公司，对总经理说："现在我才知道母亲为我受了很多的苦，你使我明白了在学校里从没有学过的道理。谢谢你。如果不是你，我还从来没有握过母亲的脚，我只有母亲一个亲人，我要好好照顾母亲，再也不让她受苦了。"

总经理点点头，说："你明天来上班吧。"

启智一点通

一个连父母都不理解的人，如何理解一个企业？一个连父母都不感恩的人，如何感恩社会？一个连家都不钟情的人，如何钟情一项事业？求职和为父母洗脚，这两个看似风马牛不相及的事情，却暗藏着一个真理：对事业的爱，是从对家的爱开始的；懂得报答父母，才能懂得报答社会。所以，我们每一个人，从小就要培养一颗感恩的心。

小黄香温席

在中国的古书《三字经》里，有"香九龄，能温席"的记载。讲的是我国古代"黄香温席"的故事——

黄香小时候，家中生活很艰苦。在他 9 岁时，母亲就去世了。黄香非常悲伤。他本就非常孝敬父母，在母亲生病期间，小黄香一直不离左右，守护在妈妈的病床前，母亲去世后，他对父亲更加关心、照顾，尽量让父亲少操心。

冬夜里，天气特别寒冷。那时，农户家里又没有任何取暖的设备，确实很难入睡。一天，黄香晚上读书时，感到特别冷，捧着书卷的手一会儿就冰凉冰凉的了。他想，这么冷的天气，爸爸一定很冷，他老人家白天干了一天的活，晚上还不能好好地睡觉。想到这里，小黄香心里很不安。为让父亲少挨冷受冻，他读完书便悄悄走进父亲的房里，给他铺好被，然后脱了衣服，钻进父亲的被窝里，用自己的体温，温暖了冰冷的被窝之后，才招呼父亲睡下。黄香用自己的孝敬之心，暖了父亲的心。黄香温席的故事，就这样传开了，街坊邻居人人都夸奖黄香孝顺。

夏天到了，黄香家低矮的房子显得格外闷热，而且蚊蝇很多。到了晚上，大家都在院里乘凉，尽管每人都不停地摇着手中的蒲扇，可仍不觉得凉快。入夜了，大家也都困了，准备睡觉去了，这时，大家才发现小黄香一直没有在这里。

"香儿，香儿。"父亲忙提高嗓门喊他。

"爸爸，我在这儿呢。"说着，黄香从父亲的房中走出来。满头的汗，手里还拿着一把大蒲扇。

"你干什么呢，怪热的天气。"爸爸心疼地说。

"屋里太热，蚊子又多，我用扇子使劲一扇，蚊虫就跑了，屋子也显得凉快些，您好睡觉。"黄香说。

爸爸紧紧地搂住黄香："我的好孩子，可你自己却出了一身汗呀！"

以后，黄香为了让父亲休息好，晚饭后，总是拿着扇了，把蚊蝇扇跑，还要扇凉父亲睡觉的床和枕头，使劳累了一天的父亲早些入睡。

9岁的小黄香就是这样孝敬父亲，人称温席的黄香，天下无双。他长大以后，人们说，能孝敬父母的人，也一定懂得爱百姓，爱自己的国家。事实正是这样，黄香后来做了地方官，果然不负众望，为当地老百姓做了不少好事。他孝敬父母的故事，也千古流传。

启智一点通

孝敬父母，反映在日常生活的点滴之中。冬为父暖席，夏为父驱蚊，虽然算不了什么大事，但其中的关怀和爱心，决非金钱可以比拟。联想现在，有许多成人并没有对父母尽到关心的责任，而只是按时给父母发点生活费，平日借口没工夫，根本不去看望父母。这样的"孝心"，并不是最好的孝心，只是尽一下义务而已，做父母的并未从中得到真正的温暖。

千里探亲

清朝乾隆年间，安徽桐城的方观承，是一位出了名的孝子，他千里探亲的故事，至今仍被人们传为美谈。

方观承的祖父、父亲都曾做过朝廷命官。清朝的文字狱使其祖父、父亲因一朋友写了一本书而被株连，流放到黑龙江充军服役，其家产也被没收充公。年幼的方观承兄弟无依无靠，只得到寺庙中暂栖其身。

在寺庙中，方观承兄弟含泪度日，备尝艰辛，但方观承最想念的还是

祖父和父亲。他鼓足勇气，向长老提出请求，允许他俩前往边疆探望长辈。长老念及二人年幼，尽管有些孝心，恐怕不能成行，便极力劝阻。方观承则恳求说："祖父、父亲遥在天涯，对家中亲人望眼欲穿，我们若能前往，定会增添些许慰藉。为给二老一点安慰，我们即使受点折磨，遭受点艰难，也在所不辞。请长老思准，让我们启程。"

方家兄弟的义举，感动了长老，长老送其路费，含泪目送他们踏上了探亲路程。

一路上，他们风餐露宿，跋山涉水，忍饥挨饿，搀扶相行，衣破成条，脚生老茧。几个月后，他们终于见到了二老。四人抱头痛哭之后，祖父、父亲心中为自己有这样的孝顺后代顿生快慰，一家四口人陶醉在融融的天伦之乐之中。

启智一点通

孝敬父母长辈，是中华民族传统美德中的重要组成部分。父母长辈，养育了后代晚辈，自然应受到后代晚辈的孝顺尊敬。试设想，一个对父母长辈出言不逊、举止不雅的人，能成为爱国成材、奉献力量的人物吗？古今往来的名人贤士，多是忠孝双全、值得称道的杰出人物。

狄仁杰的忠和孝

狄仁杰是唐高宗时的一位著名丞相，为人刚正不阿，很受人敬重。

狄仁杰任大理丞时，一年里断了很多积压多年的案件，涉及17000人，事后没有一个人上诉。当时的武卫大将军权善才犯下误砍昭陵柏树的大

罪。狄仁杰上奏，说他罪当免职，高宗命令立即处死。狄仁杰又奏，说他的罪不该处死，皇帝脸上变色，说道："权善才砍伐昭陵的树，让我不孝，必须处死。"天子的左右见皇帝脸色很难看，都使眼色示意狄仁杰出去，狄仁杰却说："陛下制定法律，悬挂在宫门之上，服劳役、流放、死罪，全有差别。哪有犯罪不至于死，却下令赐死的呢？法律如果无常，那老百姓又该怎么办才好呢？陛下如果一定要改变法律，臣请求从今天开始。古人说：'盗窃高庙玉环就诛灭整个家族，假如有人盗挖长陵，陛下又怎么加刑？'现在陛下因为昭陵的一株柏树而杀掉一个将军，千年以后，人们会怎么看待陛下呢？这就是臣不敢遵旨的原因。"听了狄仁杰的解释，皇帝的怒气逐渐消除，权善才因而免死。过了数日，高宗任命狄仁杰为侍御史。

狄仁杰不仅是个刚正不阿、忠于君主、以理服人的臣相，还是一个充满仁慈和孝心的人。他对自己的父母感情非常深厚，无论官至保职，身居保处，心里总是装着父母。朝廷授给他并州都督府法曹参军的时候，有一天，他游览太行山。这时，他往南望见一片白云在空中飘荡，就对随从说："我父母就住在那片白云下面，我的父母双亲啊，不知现在可好！"长时间站在那儿眺望白云，等云飘走才继续赶路。

狄仁杰孝顺友爱，远过常人。在并州时，有同府的法曹参军郑崇质，母亲年老多病，自己却又要出使到极远的地方去，心中很为难。狄仁杰对他说："太夫人有病，你却出使远方，怎么可以将离别的忧愁留给老母呢？"于是，狄仁杰到长史蔺仁基那里，要求代郑崇质出使，蔺仁基非常感动。

启智一点通

虽然古人有"忠孝不能两全"之说，但狄仁杰却把忠和孝都做到了。古人如此，我们今人呢？生活在文明礼貌充盈的当今社会，我们更应该以忠孝两全的标准要求自己，既忠于国家，又孝敬父母，在日常生活中多关心父母，处处为他们着想，这样才不负父母之恩。

寿昌弃官

朱寿昌是宋朝时的人，他 7 岁的时候，他的生母因为被嫡母嫉妒，被赶出家门另嫁他人。从此寿昌就和生母分离了。

寿昌从小就失去了母爱。他看到别的小朋友都有母亲在身边，天天嘘寒问暖，疼爱有加，非常地思念自己的母亲。每到初冬，别的小朋友的母亲早早地为自己的孩子做好了棉衣，可是寿昌的生母却不在；当别的小朋友心中有了委屈，可以依偎在母亲怀里撒娇时，寿昌却不能。试想一下，没有母亲的孩子，是多么盼望能像别人一样，可以经常依偎在母亲的怀抱里啊。

寿昌就在这样的环境中长大，他一直努力读书，后来当了官。虽然生活很富足，可是天下哪有不思念父母的儿子呢？所以他一直明察暗访，希望能找到自己的母亲。

50 年来，寿昌几乎日以继夜地思念、惦记着远方的母亲，相思之情常每每言及就涕不成声。他是多么希望自己可以亲自服侍母亲，让母亲重享天伦之乐啊！可是寿昌屡次多方打听，都没有办法得到母亲的下落。

后来到了神宗的时候，他感觉自己年纪已经大了，遗憾母亲不能奉养在旁，心里感到非常遗憾。可是茫茫人海，去哪里寻找母亲？他想再不找到母亲，怕是没有机会了。所以他就断然辞去官职，要亲自外出去寻找他的母亲。

因为寿昌此时的年纪也大了，家里人也不放心他，都来劝阻，可是寿昌坚决地对家人说："如果不见到母亲，就永远都不回来。"他远到秦这个地方，也就是现在的陕西省寻母。他的心非常坚定，他抱定必死的决心，一定要寻找到他的母亲，与自己共享天年。

寿昌一人在外，人生地不熟，遇到很多险阻，非常艰辛，可是困难丝

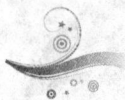

毫没有动摇他寻母的念头。相反，他想到和母亲分别 50 多年都不能团聚，就更加深了寻母的信念。他走到哪里打听到哪里，天天祈祷。

终于，到了同州这个地方，奇迹出现了，就在这里，他辗转得知到母亲的下落。这个时候母亲已经七十几岁了，依然健在。分别 50 多年，母子相聚，相拥在一起，多少悲欢离合啊！母子俩 50 多年骨肉团聚的心愿终于实现了。寿昌非常高兴，把母亲迎回家里同住，很是孝顺，全家过着幸福的生活。

启智一点通

朱寿昌与母亲分离长达 50 多年，在如此漫长的岁月中，能始终保持对母亲的孝思不变，实为赤诚孝心的真情流露。谚语说得好，孝感天地！朱寿昌母亲 50 年下落不明，到最后，靠朱寿昌坚定的寻母誓愿和毅然辞官、不畏艰困的找寻，终能骨肉团圆，力尽孝道，是多么的令人感动。与朱寿昌相比，我们这些为人子女者，能有服侍孝养父母的机会是何等的幸运！把握住在父母身边的日子，用心尽孝，莫让子欲养而亲不待的痛苦和悔恨啃噬身心。

孝心慰母心

春娥出生不久，父亲就被病魔夺去了生命。母亲拒绝了众多好心人要她再嫁的劝告，决心把小春娥抚养成人。小春娥从小十分懂事，五岁时就帮母亲做家务，拣菜淘米，扫地抹桌；七岁时就会当家，一边浇水煮饭，

一边学着织花手套。邻居们都称赞这个小女孩处处体贴母亲，不管什么事都抢着干，从不向母亲要这要那，叫苦叫累。当她七岁上小学时，刚学会写字，就把写着"妈妈，我的好妈妈"的字条送到母亲手里。母亲看着写得歪歪斜斜的字，眼中流下了甜蜜的泪花。

小春娥九岁时，又一场灾难降临到她身上，母亲突然患脑血栓，全身瘫痪，卧床不起，连说话都含糊不清。小春娥急得想哭，但见了母亲的痛苦、坚韧的眼光，她咬着牙忍住了。在舅父的陪同下，她把母亲送进了医院，独自一人默默地挑起了生活和读书的重担。

从此，她每天清晨五点半就起床，匆匆地吃了早饭就去上学，放学回来，又急急地赶到病房，给母亲端盆、倒尿、喂饭、洗衣，一直忙到夜晚，她就伏在母亲病床边做完功课后才返回家中。

每天，从家里到学校、去医院，来回要走二十里路，但她从不说一声苦。学校老师只知道小春娥学习成绩日月进步，全不知道她一天是怎样忙过来的。母亲接到女儿的成绩单时，两眼凝视着女儿含笑点头，心里感到一阵阵的欣慰。

除了读书、照料母亲之外，小春娥想到天快转冷，就把母亲的两件旧毛衣拆掉，凑在一起，一针一线地纺织成一件厚实的毛衣。当她帮母亲穿上毛衣时，母亲的两眼挂上了泪水。

妈妈住院两年多来，欠下了数万元的外债。虽然亲友没有来催还，但小春娥心里知道平日节省一角一分钱，将来可以给亲友还债。两年多来，为了给母亲吃得好些，她学会了自己包饺子，买些肉来给母亲增加营养，而自己除了过节，每天吃青菜、豆腐，从不吃一碗荤菜。

上四年级的那年春节，母亲见小春娥那件旧棉袄外的罩衣实在不能再穿了，口中哇哇地嚷着要她去买一件新的。小春娥从来不与同学攀比穿着，本不想买新衣服，为了宽慰母亲，她到了街上，转了几个摊位才花了十元钱买了一件新短袄，算是穿新衣服过了年。

当小春娥十一岁升入五年级时，她家的困苦境况在学校内外传开了。校长决定给她免去全部学杂费，全班同学和少先队员立即掀起了一股向小春娥母女献爱心的热潮。他们捐献现金，并到春娥家送食品、搞卫生，使春娥母女感动得热泪盈眶。

小春娥常对人说："我不觉得苦，只要有妈妈在我身边，我就幸福。"

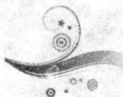

启智一点通

　　面对家庭的不幸，年幼的春娥顽强地担起了家庭的责任。她没有悲伤，没有埋怨，却感到为母亲做点事，陪在母亲身边，非常幸福。在艰苦中成长起来的孩子，不仅懂得勤俭，也懂得孝心。家是我们共同的集体，每一个成员都是相依相偎的亲人，只有彼此关爱，才会营造幸福快乐的生活环境。

徐积避石

　　宋朝时候，有个徐积，3岁的时候就死了父亲。他的母亲亲自教他读《孝经》。他一面读着书，一面想起了父亲，就不禁流下了眼泪。

　　徐积侍奉母亲，不论什么用力气的事务，都是他亲身自做，不要别人替代。到京城里考试的时候也载了母亲同去，不间断早晨和晚上请安的礼数。后来20多岁的时候就中了进士，可是还没有娶亲。人家问他，他说："假使娶了一个不贤的妻子，反而要叫母亲生了气。"他又因为父亲的名字叫石，所以他不用石头做的器具。遇着了石头铺的路，也避开了不踏。有人对他说："这样避讳很难。"徐积就回答他们说："因为我一遇着，就凄然地伤了我的心。因此又想到了我的父亲，所以不敢用脚踏在上面了，并非我故意避讳呀。"到了元丰年间，皇帝圣旨下来，赐给他绢料和米粮，表扬他的孝道。

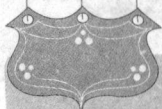

启智一点通

中国古代讲究"忌讳"，其中一条是不能提父母的名字，哪怕是其中一个字也要避讳；推而广之，凡是与父母名字相关的物体也要回避。古人认为这也是孝的一部分，是敬重父母的表现，因为父母的名字是神圣不可侵犯的。用现代的观点来看，这显然是过时的。但我们不能说古人做得不对，在古代，这个做法是普遍的，是容易理解的。

鼎臣祝寿

明朝有个状元宰相，叫顾鼎臣。他父亲50岁的时候才生了他。顾鼎臣幼小的时候就非常孝顺，略略大了一点的时候，就做了一篇表文，在每天的晚上焚了香祝告天地，情愿减去了自己的寿算给父亲添着，那样就可以让父亲看见他成人的时候。

有一天的夜里，他做梦看见有一只黄色的仙鹤从天上飞来。他就赶上去一看，原来就是自己曾经烧掉的一张表文，并且后面还有几句批语："鼎臣减寿益亲，出于至诚，父延二纪，鼎臣状元及第。"后来，顾鼎臣果然中了状元，官做到了宰相。这时候，他的父亲还在世上，亲眼看见了儿子受了皇家的封赠。

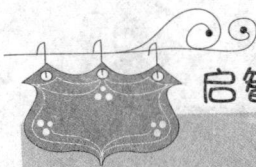

启智一点通

　　读了这个故事，就像读了一则神话。人的寿命不是谁赐予的，自己的功名也不是谁赐的。我们也大可不必祈祷谁谁为了亲人的长寿而要求减去自己的寿命。我们如果能从这个故事中感受到一个孝子那纯朴至孝的情怀就可以了。

赵咨迎盗

　　汉朝时候有个赵咨，在敦煌地方做太守官。后来因为有病就免了官，回到家里。他亲自带领子孙们耕种田地，奉养母亲。

　　有一夜，有许多强盗到他家里来打劫，赵咨得知了，恐怕母亲受了惊慌，于是自己先到了门口去迎接强盗，又陈设了饭菜请强盗吃，并且对他们说："我有一个年老的母亲，年纪已经80多岁了，又生着疾病，是要供养的。请求你们稍微留下一些衣服和粮食，使我可以供养我的母亲就好了。至于妻子的物件和另外的物件，一点也不敢请求留下。"强盗们听了他的话，非常叹服他的孝顺，又觉得很惭愧，大家都跪下了，辞谢着说："我们太不成样子了，冒犯了府上，侵害了你这位贤人君子。"说完，一齐飞也似的去了。赵咨追上去，想把物件送给他们，已经来不及了。

　　经过了这件事情以后，赵咨的名声愈加大了，后来做了东海相的官。

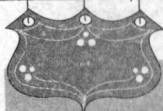

启智一点通

赵咨之所以说动了强盗，是因为盗亦有道。强盗也是父母所生，也有敬老孝亲的思想，这是中国的传统道德观念，已深入人心了。所以，当赵咨的孝心体现出来之后，自然会让强盗有所触动。可见，孝心是世上最能征服人心的道德品质。

考叔舍肉

周朝时候，郑国有个颍考叔，在颍谷做守边的官。他得知郑庄公起初为了弟弟反叛的事，对母亲立了不到黄泉不再见面的毒咒，后来又有点懊悔了。他就借了献进贡品的机会到了庄公那儿。庄公叫他吃饭，他吃饭的时候留着所赐的肉不吃。庄公觉得很奇怪，就问："你为什么留这些肉呢？"颍考叔道："小人有个母亲，凡是小人自己家里献进去的东西，母亲都是吃过的了，可是没有吃过君上所赐的肉。所以我留着不吃，预备拿回家去，送给母亲吃。"

庄公觉得颍考叔有这样的孝顺，不禁心中有所感触，就说道："你有母亲可以送给她东西吃，怎么我没有母亲呢？"颍考叔说："这个是没有关系的，君上只要在地下掘下去有了泉水就好，母子两人在地道里面相见，哪一个人再敢道个不字呢？"庄公就依了他的话做去，于是他们母子两个依旧和从前一样地相处了。

启智一点通

　　处处想着亲人，以亲人为念，即使是在外面享用美味，因为想到母亲未曾用过，也要冒着失礼的风险留下一些美味，以便母亲也能分享。这种"母亲没有享用我就不能独自享用"的观念，体现了孝道为大、父母为大的孝悌思想，是古代孝悌思想的重要组成部分，值得后人深思。

王裒泣墓

　　西晋有一位叫王裒的人，非常孝顺。

　　他的父亲叫王仪，当时是在朝廷里头当官。有一次晋文帝出兵，在这次出兵当中，朝廷死了非常多的士兵，所以文帝就在上朝的时候，询问底下的这些文武百官，要大家分析这次战役为什么会损失惨重。结果没有人敢出口说话，唯独王仪直陈说："这次战役的责任完全归于元帅。"大家都知道，元帅就是当时的文帝，所以文帝非常的生气，一怒之下就把王仪拉出朝外问斩，使王仪死于非命。王裒知道父亲如此冤屈而死，非常难过，因此他终身不再面向西坐，以表示不为晋朝之臣。王裒自幼饱读诗书，所以他的学问、品行非常好，朝廷也屡屡征召他出来为官，可是王裒面对金钱名利的诱惑，不为所动。

　　王裒对母亲也百般孝顺。只要是母亲的事情就亲力亲为，体贴入微。母亲过世后，他非常悲痛。母亲生前胆子小，最怕的就是打雷，所以每当遇到风雨交加、雷声隆隆的时候，王裒就会很伤心地飞奔到母亲的坟墓上面，在那里哀泣着说，孩儿就在此地，母亲不要害怕。

　　王裒他这么孝顺，所以每当他授课读到"哀哀父母，生我劬劳"时，

他就非常难过，潸然泪下，难过到没有办法教授学生。他的学生担心老师哀伤过度，所以就把《蓼莪》这一篇给废止了。

启智一点通

一个人的孝心孝行，不但感动到天地万物，更是可以作为后人学习的最好的典范。我们看到这样的孝行是不是也深受感动？父母从小把我们拉扯长大，辛勤地照顾我们。从小，如果生病，最着急担心的就是父母；孩子出门时，父母又会想孩子是否安全；父母出门办事，回到家里第一件事情，就是探望自己的孩儿是不是安好，父母的心时时刻刻都牵挂在孩子身上。想一想父母他们是怎样照顾我们的，那么我们今天长大成人了，有没有想到父母年纪大了，是不是我们也应该尽点孝心呢？

送给妈妈的生日礼物

妈妈的生日就要到了。

明明的哥哥拿出他的彩屏手机，给妈妈拍了不同角度的照片，并把照片打印出来。照片上，妈妈笑得那样甜蜜和幸福。照片的下端，哥哥还打出了一行字——

祝妈妈生日快乐！

妈妈看着照片上的自己，回头问十岁的明明："明明，哥哥给我送生日礼物了，你准备送给妈妈什么呢？"

明明使劲咬了咬嘴唇，想了想，说："妈妈，我会有礼物送给你的。"

其实，明明早就想送件礼物给妈妈，却让哥哥占了先。

在幼儿园时，明明曾经送给妈妈一朵小红花，可现在他已是四年级的学生，再送红花就没有意义了。到底该送什么给妈妈呢？明明苦苦思索着。

明明请求爸爸："爸爸，你告诉我，送给妈妈最好的礼物是什么？"

爸爸说："最好的礼物，就是最需要的东西！"

"噢。"明明想，"妈妈最需要什么呢？"

明明不明白，妈妈倒是最知道他需要什么。

明明病了，烧得口干舌燥，不等他开口，妈妈就把清凉甘甜的饮料送到他唇边；明明上课前才想起铅笔用完了，可一打开文具盒，样样都齐全……啊，明明需要什么，妈妈怎么都知道的呢？

明明苦苦地想，突然想起来了。妈妈平时不是常说"忙死了""累死了""烦死了"吗？看来妈妈最需要"不忙"、"不累"、"不烦"。可这些怎么个送法呢？

明明思来想去，终于有主意了。

从第二天开始，明明一早起来就扫地、擦桌子，干得十分认真；中午见妈妈蹲在地上洗衣服，他就不声不响地把小凳子送去让妈妈坐下；看见妈妈吃力地躺在床上，他马上给妈妈铺上被子……

不久，妈妈突然对爸爸说："家里好像突然不那么忙、不那么乱、不那么烦人了。真是奇怪。"

爸爸笑道："那是因为有人送给你了礼物呀！"

"礼物？谁送的？"妈妈感到不解。

"明明，是我送的！"明明在一旁高兴地说，"您的生日要到了，我想送您'不忙'、'不累'、'不烦'三件礼物。妈妈，这三件礼物还行吗？"

妈妈一把抱住明明，激动地说："我明白！明明的礼物最珍贵！妈妈谢谢你！"

启智一点通

　　我们不仅要学会给父母送礼物，更重要的，是送给父母最需要的礼物。父母最需要的礼物，往往不是物质的东西，他们最需要儿女的孝心和安慰，我们的一声问候和体贴的关照，最能激起父母心中那情感的微澜。记住，让辛勤忙碌的父母得到心灵的慰藉，比什么东西都重要啊。

第5章

愉悦双亲，父母高兴就是我们的心愿

奉养父母，为父母分忧，是我们做儿女的责任。但我们的职责，不只是让父母吃好、穿好，做到让他们平安无事，这些充其量只是满足他们的物质需求，而他们精神的需要更为重要。实际上，父母并非十分看重儿女给予的吃和穿，他们更需要的是精神的安慰和团聚的快乐。只要我们有一颗孝亲之心，悉心照料父母的生老病死，再苦再累的生活也能让父母感到欣慰。

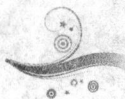

真正的珠宝

一天，两个小孩正在清晨的阳光下快乐地玩耍，他们的母亲卡妮娅走过来对他们说："孩子们，今天将有一位富有的朋友来我们家做客，她将会向我们展示她的珠宝。"

下午，那个富有的朋友果真来了。金手镯在她的手臂上闪烁着耀眼的光芒，她手指上的戒指熠熠闪光，脖子上挂着金项链，发髻上的珍珠饰品则发出柔和的光。

弟弟对哥哥感叹地说："她看起来真高贵，我从没有见过这么漂亮的人。"

哥哥点点头："是的，我也这么认为。"

他们艳羡地看着客人，又看看自己的母亲。母亲只穿了一件朴素的外套，身上没有戴任何饰品，但是她和善的笑容却照亮了她的脸庞，远胜于任何珠宝的光芒。她金棕色的头发编成了一条长长的辫子，盘在头上像是一顶皇冠。

"你们还想看看我别的珠宝吗？"富有的女人问。

她的仆人拿来一只盒子放在桌子上。这位女士打开盒子，只见里面放着成堆的像血一样红的红宝石，像天一样蓝的蓝宝石，像海一样碧绿的翡翠，还有像阳光一样耀眼的钻石。

兄弟俩呆呆地看着这些珠宝想：要是我们的妈妈能够有这些东西该多好啊！

客人炫耀完自己的珠宝后，自满又故作怜悯地说："快告诉我，卡妮娅，你真的有这么穷吗？什么珠宝都没有吗？"

卡妮娅坦然地笑道："不，我有。而且我的珠宝比你的贵重多了。"

客人睁大眼睛，不相信地说："真的吗？快拿出来我看看。"

卡妮娅把两个儿子拉到自己身边，微笑着说："他们就是我的珠宝呀。

难道他们不比你的珠宝更重要吗?"

兄弟俩对视一眼,幸福地笑了。

启智一点通

　　每一个孩子都是母亲的珠宝,不管是穷人,还是富人,孩子永远是母亲心头最重的天平。因为孩子是自己的"作品",是自己的希望和安慰,是永远无法替代的爱。有了孩子,母亲的心最充实,最甜蜜,最快乐,最幸福,最有奔头。是啊,纵使拿一座金山去交换孩子,哪个母亲会答应呢?不过,要使母亲的"珠宝"更珍贵、更能发光,我们只有刻苦学习,不断地磨砺自己,让自己早日成材、成大材,为社会做出更大贡献。这样的"珠宝",才会让母亲更加引以自豪。你说是吗?

老莱子逗亲

　　老莱子是春秋时期楚国人,他的生平众说纷纭。《史记》怀疑老莱子就是老子,但是历史上并不可考,所以他真正的名字没有人知道。

　　老莱子生性非常孝顺,他把最可口的食物和最好的衣物等,都用来供养双亲。生活点点滴滴,尽极关怀照顾,非常体贴。父母亲在他无微不至的照料下,过着幸福安乐的生活,家里充满祥和。

　　老莱子已经年过 70 了,但是在父母亲面前从来都没有提到过一个"老"字。因为上有高堂,双亲比自己的岁数要大得多,而为人子女的人,如果开口说老,闭口言老,那父母不就更觉得自己已经走入风烛残年、垂垂老矣了吗?

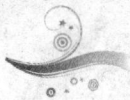

在孝顺父母的方式上，老莱子与众不同。有一次，他特别挑了一件五彩斑斓的衣服，非常鲜明。就在他的父亲生日的那一天，他身着这件衣服，装成婴儿的样子，在父母面前又蹦又跳地跳起舞来，一边嬉戏玩耍，一边迈动轻盈的舞步，真像是童心未泯的老头儿，特别逗人开心。

一天，厅堂旁边刚好有一群小鸡，老莱子一时兴起，就学老鹰抓小鸡的动作，来逗双亲高兴。一时鸡飞狗跳，热闹不已。小鸡一颠一颠地到处跑，特别可爱。而老莱子故意装成非常笨拙的样子，煞费苦心，而又无可奈何。看到这番情景，双亲笑得合不拢嘴。温馨的画面，流露出人伦至孝的光辉。

为了让父母在生活上有喜悦的点缀，在日常生活中，他经常会出一些点子，逗父母欢乐。有一次，他挑着一担水，一步一晃地经过了厅堂的前面，突然扑通一声，做了一个滑稽的跌倒动作。"这个孩子真是养不大，拿他一点办法都没有。"父亲哈哈大笑，母亲一旁说着。

年纪大的人眼睛昏花、耳朵不灵，行动更是不便，老莱子则在家里扮演一个快乐的丑角。他并没有把自己当成是年纪大的人，在父母面前，他永远都像小孩子那样活泼可爱。

启智一点通

老莱子的故事告诉我们：为人子女永远不要在父母的面前，声称自己已经老了。一位孝顺的孩子，总是会想方设法，让父母觉察不到岁月的流逝、年纪的增长。为什么呢？因为如果连孩子都老了，那父母不就更为年迈了吗？他们听了之后，该多么伤心啊。所以，在父母的面前，为人子女不应当提到"老"这个字。为了让父母亲过上幸福快乐的生活，老莱子想尽种种办法来抚慰父母的心。他把这句善体亲心的话，发挥得淋漓尽致。这个幸福的家庭，千百年来，令人羡慕不已，赞叹不尽。

少女孝亲心

有这样一个四口之家，全家一老一少和两个瘫子，生活艰难。然而，在这个不幸之家里，13 岁的陈秀，却用她坚强的意志，美好的心灵，承担起生活的重担，温暖着亲人的心。

9 岁那年，陈秀的父母不幸因公致残，双双下肢瘫痪了。巨大的灾祸，精神的痛苦，生活的困难，使 9 岁的她早早地懂事了、成熟了。俗话说："穷人的孩子早当家。"陈秀咬着牙，挑起了服侍残瘫父母和年逾 70 而且体弱多病的姥姥的家庭生活重担。

每天一大早，当周围的人们还沉浸在甜梦之中时，陈秀就悄悄地起床了。她打开炉子，放上饭锅，一边烧早饭，一边温习功课。做熟饭菜之后，她先倒掉三位大人的便盆，然后推来轮椅车，帮助父母、姥姥穿好衣服，再倒来洗脸水，侍候三位长辈洗脸、吃饭。

每天晚上，陈秀总是先侍候他们吃过晚饭、睡到床上，再洗刷锅、碗、盆、勺，然后完成当天的功课，再洗一家人换下的脏衣，把家里收拾得干干净净，井井有条，使三位长辈生活在良好的环境中。

为了使爸爸、妈妈、姥姥快乐，在忙完必须完成的劳动后，她还要挤时间偎依在长辈身旁，和他们谈笑。政府有关部门对这个不幸的家庭进行了各方面的照顾，维持这个贫寒之家的生计，陈秀还经常抽时间，推着母亲的轮椅去闹市，去卖报挣钱。

小陈秀深知每一分钱来之不易，生活上处处精打细算。在学校，她不同别人比吃穿。妈妈给的零用钱，攒起来，给姥姥买一斤橘子，剥好送到姥姥的嘴里。一次，父亲得急病，小陈秀推着轮椅送父亲到医院，几天几夜陪伴在父亲的床前。父亲病情好转，她白天到校学习，晚上在父亲病床前做功课。有时实在太累了，就合上双眼打个盹……护士阿姨不知多少次

噙着热泪，帮她捡起掉在地上的课本、铅笔……

一个幼弱的女孩子，就这样用她真诚的孝心和辛苦的劳动，温暖着三位长辈的心，赢得了人们的称赞。

启智一点通

　　小陈秀的孝心事迹给我们这样的启示：孝是一种发自内心的对父母长辈的挚爱和尊敬，孝更是一种责任和义务。"孝敬"程度，不在乎是否长大成人或者有无钱财，关键是要有一颗真心回报父母养育之恩的"孝心"。一个家庭的命运是千差万别的，而一个人的孝心则是相似的：热爱父母，担起家庭的责任心。

戚继光不负父训

有一次，戚景通问儿子戚继光："宋代岳飞曾说过什么话？"

"文官不贪财，武官不怕死，国家就兴旺。"

"对，你要终生记住这句话，认真读书，苦练武艺，为国立功，干一番大事业！"

几年后，戚继光成为一名文武双全的青年军官。这时，父亲正埋头著一部兵书，有人劝他晚年要多置办些田产留给后代，戚景通听了后对继光说："你知道父亲为什么给你取名继光吗？"

"要孩儿继承戚家军名，光耀门第。"

"继儿，我一生没有留给你多少产业，你不会感到遗憾吧？"

戚继光指着厅堂上父亲写的一副对联：授产何若授业，片长薄技免饥

寒；遗金不如遗经，处世做人真学问。他读了一遍后说："父亲从小教我读书习武，还教我做一个品德高尚的人，这是给孩儿最宝贵的产业，孩儿从没想过贪图安逸和富贵，我只想早些看到父亲将来像岳飞建立'岳家军'一样，创立一支'戚家军'。"

戚景通听了心中十分宽慰，笑着对儿子说："我这部兵书已经完成了，现在我要传给你，这是我一生的心血，将来你用它报效国家吧！"

戚继光跪在地上，双手接过《戚氏兵法》说："孩儿一定研读这部兵法，不管将来遇到什么艰难险阻，我都不会丢弃父亲的一生心血。"

戚景通在 72 岁时患重病去世。戚继光接到噩耗从驻防地赶回家奔丧。他在父亲坟上哭着说："继光一定继承您的遗志，为国尽忠，赴汤蹈火，在所不辞！"

明嘉靖三十四年（公元 1555 年），朝廷任戚继光为金浙江都司，负责抗倭。他组织"戚家军"在六年中九战九捷，威震中外。他曾对人说："我之能抗倭取胜，全靠我父亲在世时的谆谆教诲啊！"

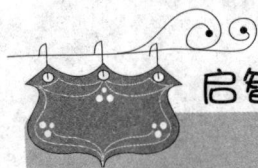

启智一点通

　　每一个父母都对自己的儿女寄托了很大的希望，总希望儿孙立志有为，做出大事。为了实现这个愿望，父母不仅把自己的孩子送进学校，花费多少钱财也在所不惜，同时自己也苦口婆心地教育。当看到自己的儿女越来越有出息时，每一个父母都从心底里流露出无比的自豪和欣慰。父母宁可自己吃的、穿的差一些，也愿意看到儿女的健康成长。所以，真正能让父母快乐幸福的，是自己的成就。能实现父母的愿望，就是对他们最大的"孝顺"。

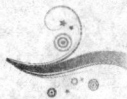

背着母亲登长城

马家祥的母亲一直有一个愿望，就是想去北京看看天安门、登登长城！这些年来，娘的这个心愿，马家祥一直惦记着。这年的农历十一月十二，是他母亲88岁的生日。在这次生日前，马家祥早已下定决心完成母亲的心愿。由于娘有病在身，他担心再晚了，会留遗憾！

马家祥带着母亲来到北京，终于登上了长城。在长城上，很多中外游客看到他背着老母亲的场景后都十分感动，纷纷拍手称赞。当时，北京一所学校的中学生见此情景后，被他们母子俩所感动，将一面书写着"坚韧"字样的旗帜放在了他们母子后面。

启智一点通

为了完成母亲的一个心愿，马家祥租车带着80多岁的老母亲去了北京，背着母亲登长城、看天安门。这件事曾在网上引起了人们的热议和好评。是啊，父母恩情重于山。如果对父母有爱，那就马上行动，孝心真的不能等。这就是孝道。

婆媳情

在一个中国特色的三代同堂家庭里，女主人公张文一是大学讲师。她与婆婆陆奶奶之间的和谐之情，让周围的人无不赞美。

这个家庭总是充满着欢乐的笑声。可这一家的经济基础并不雄厚，那笑是从哪里来的呢？

陆奶奶的小儿子大成参加工作不久，非常想买块手表，就在妈妈面前念叨："妈，我想买块手表，钱不够，你跟哥嫂说说。"正说着陆奶奶看见儿媳张文一拎着菜篮子进屋了。小孙女高兴地跑过去对妈妈说："妈妈，叔叔想要手表。"张文一说："妈，这事我早就想过了，是该给大成买块表，买上海全钢的怎么样？"大成一听，高兴得抱起小侄女那个亲啊。陆奶奶看在眼里，脸上露出了甜蜜的微笑。

婆婆当过缝纫工，张文一就经常买些布料回家，让老人见了高兴。老人连声说："我年纪大了，用不着那么多布料。"第二天，等儿媳下班后，老人把布料变成了成衣。衣服不是给自己做的，而是按照儿媳或小孙女的身材缝制的。

生活中也常有意外的事情发生，一天陆奶奶用高压锅做饭，"砰"的一声，锅盖撞到屋顶又砸了下来，把煤气灶都砸坏了。婆婆急得直打转，儿媳下班一进门，婆婆有几分不安地说："我闯祸了……"儿媳上下打量着婆婆说："妈，没伤着吧？""没有。"儿媳方松了口气。"东西坏了不要紧，再想法去买就是，没伤着您就好，您可别着急上火。"婆婆一听，脸上泛起了轻松的微笑。

陆奶奶逢人便美滋滋地夸儿媳："自从我过了60岁生日，文一就不让我干活了。可我闲着就心里不安。有时饭做糊了，菜做坏了，她也不说啥，家里大事小事，件件都跟我商量。邻居们也都说，我这老太太有个好

儿媳,有福气。我知足啊。"从老人的笑脸上可看出她的欣慰和幸福。

这年,陆奶奶患上肺癌和骨癌,已到晚期,几家大医院都说没希望了。医生再三叮嘱:"骨癌病人最后是非常痛苦的。家里多准备些止痛药物吧。"张文一怎么也不死心。她到处奔波,找到了一位老中医。她尽可能满足婆婆的一切要求,讲一些高兴的事,转移婆婆的注意力。婆婆每天吃饭、睡觉、排便的详细情况,她都记在心里,每四天去找一趟老中医,按方子抓药,抓一次药花近百元不说,为一味药要跑几家医院。张文一这天在拿药的路上摔倒了,腿磕青了,手摔破了,可她头脑里只有一个念头:听说老中医治癌有效率高达63%,但愿婆婆在63%以内。天气越来越热了,丈夫说:"想法给妈联系医院吧。"她执意不肯:"妈这病一般医院都不接纳,住院很难坚持吃中药,营养也不如家里好。再说妈不知道病情,以为是关节炎,住院对妈会有压力。"张文一一直坚持自己护理婆婆。

有几天,婆婆想吃螃蟹。张文一跑了好几个地方,终于买到了。当一碗鲜美的螃蟹端到婆婆床前时,满以为婆婆能高兴一下,不想婆婆睁开那深凹的双眼,望了望说:"文一呀,真难为你了,我现在又不想吃了。""妈,那你想吃点什么呢?要不吃饺子吧。"婆婆感动地点点头。经过几个月的精心护理、治疗,老人的病有所好转。婆婆说:"文一,你也有病,这一大家子都靠你呢。你可别病倒。""妈,我身体不是挺好吗?"老人也疼儿媳呀!老人吃的是泻药,有几次控制不住,屎拉到裤子里,小阿姨不愿给洗,文一帮老人擦洗,老人总过意不去。"我没有侍候过你,怎好意思让你给我洗。让孙女去洗吧。""妈,这是应该的,您帮我带大两个孩子,支持我工作,我无法报答您……"

不久,陆奶奶溘然长辞了。临终前一夜是张文一在医院陪住的。她给婆婆擦洗了身子。老人时常昏迷,但每当醒来总是催儿媳休息。老人睡过去了,她毫无骨癌病人临终前所经历的痛苦,嘴角带着淡淡的微笑。

启智一点通

陆奶奶是带着微笑离开人世的。这种微笑，饱含着对儿媳妇文一的满意和感激，饱含着对晚年的知足和幸福，也饱含着对人生的留恋和感动。如果没有儿媳妇的倾心照料和关怀，陆奶奶不可能活得这么久，也不可能活得快乐。可见，孝心是对父母最大的安慰，是赢得父母欢心和快乐的源泉。

陈毅探母

1962 年，陈毅元帅出国访问回来，路过家乡，抽空去探望身患重病的老母亲。

陈毅的母亲瘫痪在床，大小便失禁。陈毅进家门时，母亲非常高兴，刚要向儿子打招呼，忽然想起了换下来的尿裤还在床边，就示意身边的人把它藏到床下。

陈毅见了久别的母亲，心里很激动，上前握住母亲的手，关切地问这问那。过了一会儿，他对母亲说："娘，我进来的时候，你们把什么东西藏到床底下了？"母亲看瞒不过去，只好说出实情。陈毅听了，忙说："娘，您久病卧床，我不能在您身边伺候，心里非常难过，这裤子应当由我去洗，何必藏着呢。"

母亲听了很为难，旁边的人连忙把尿裤拿出，抢着去洗。陈毅急忙挡住并动情地说："娘，我小时候，您不知为我洗过多少次尿裤，今天我就是洗上 10 条尿裤，也报答不了您的养育之恩！"

说完，陈毅把尿裤和其他脏衣服都拿去洗得干干净净，母亲欣慰地笑了。

启智一点通

陈毅元帅是个大人物，有繁忙的公务在身，但他仍不忘家中的老母亲，在百忙中抽空回家探望瘫痪在床的母亲，为母亲洗尿裤，以关切的话语温暖抚慰病中的母亲。虽然陈毅元帅为母亲所做的只是一些平常得不能再平常的小事，但从这些平常的小事，看出了他对母亲浓厚的爱。他不忘母亲曾为自己付出的点点滴滴，理解母亲的艰辛和不易，知道报答母亲的养育之恩。他的一片孝心，值得我们学习效仿。

印度孝子挑母朝圣

在印度境内，提起凯拉什吉力·布拉马查理，几乎无人不知。其实他既非达官显贵，也不是商贾巨富，可他 17 年如一日，挑着双目失明的老母走遍印度朝圣的故事，使得许多村民早在心目中将他视为一位圣人。

布拉马查理的母亲柯塔克德维已年过花甲，生来就双目失明，由于老伴过世早，她只能与儿女们相依为命。10 年前，她的大儿子和女儿也不幸相继去世。为实现母亲毕生的愿望——到全国重要的印度教圣地朝圣，孝顺的布拉马查理从 1987 年起就与母亲离家，踏上了全国朝圣的行程。他肩挑一根扁担，前后两个筐，一个筐里坐着母亲，另一个筐里放着随身行李，包括一个小炉子、一个饭盆，一块毯子，几件衣服，与印度教苦行僧一样简单。

17 年来，布拉马查理带着母亲每天行进 3 至 4 公里，多的时候不超过 20 公里，实在感觉累了的时候，就停下来在路边的学校或寺庙休息几天。母子两人现已走了 6000 多公里，足迹遍布中央邦、北方邦、安德拉邦、马

哈拉施特拉和卡纳塔克邦。目前，他们正沿着国家高速路向卡纳塔克邦首府班加罗尔前进。按布拉马查理的计划，他和母亲将在 2013 年下一个印度教沐浴节到来时，在印度教的圣城瓦腊纳西结束整个行程。

前额撒着白灰，一脸胡须的布拉马查理，身穿传统印度教橘黄色衣服，让他看起来像印度教神话中的神仙斯瓦米。在印度教神话人物中，有一位名为什拉瓦那·库马尔的圣人，据说当年就是挑着年迈且双目失明的双亲进行朝圣，最终成为了圣人。

一名住在班加罗尔城郊的村民深为布拉马查理的故事感动，因为"现在像他这样虔诚的孝子实在太少见了，从中也可看出他对母亲深深的爱"。沿途，不断有善良的人向他们母子捐款捐物，但柯塔克德维还是喜欢吃儿子做的食物，尤其是面饼。她激动地对媒体说："我真庆幸养了个好儿子。"

柯塔克德维说，由于长途跋涉，她时常感到很累，有时候真想停下来回家去。布拉马查理也不否认路途的艰辛，但他决心继续走下去，帮母亲实现心愿，哪怕再花上 17 年的时间也在所不惜。布拉马查理说，这不仅是神的意愿，他还想通过此举告诉人们："好好照顾你的父母，否则，将来你也会被你的孩子所抛弃。"

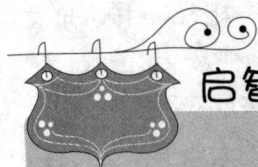

启智一点通

为实现母亲毕生的愿望——到全国重要的印度教圣地朝圣，孝顺的布拉马查理从 1987 年起就与母亲离家，踏上了全国朝圣的行程。他肩挑一根扁担，前后两个筐，一个筐里坐着母亲，另一个筐里放着随身行李，包括一个小炉子、一个饭盆、一块毯子，几件衣服，与印度教苦行僧一样简单。只要父母高兴，做儿女的就努力去做，哪怕吃尽了苦头——这就是孝子表达孝心的核心。

第6章

做床前孝子，为父母鼓起生活的希望

人食无谷，孰能无病？人到老年百病生。老人生病，一怕无钱治病，二怕无人照料。俗话话：养子防老。而这些职责，恰恰是做儿女的应尽义务。有了儿女的孝心，生病的父母才会放心。因为有儿女的照料和安慰，父母才会鼓起生活的勇气和希望，那被病魔伤害的身体才会慢慢恢复，痛苦的心灵才会得以拯救。做床前孝子，悉心照料自己的亲人，许多前人为我们树立了榜样。

董黯伺亲

东汉时期，有一户人家，母子相依为命。虽然家里很穷，但儿子董黯很懂事又孝敬母亲，日子倒也过得平安。不想有一次，董母生了一场大病，不吃不喝，卧床不起。这可急坏了董黯，不停地求药问医，每天坐在床边伺候母亲。

几天下来，董母瘦得皮包骨头，身子虚弱极了。一天，董黯又熬了一碗稠黏的菜粥，跪在娘的床前，流着眼泪劝说母亲："如果不吃不喝，再健康的人也熬不了几天，人是铁饭是钢，你好歹吃点喝点，挺过几天，这病会有转机，不然让我怎么办呢……"

董母只得强撑身子，张口含了一口菜粥，不想入口又苦又涩，马上吐了出来，口中喘着粗气，看见儿子痛苦的样子，就说："儿啊，娘听你的话，吃不了饭，就喝点水吧！"说罢就接过半碗水来，一口一口地咽了下去。

董黯见娘总算咽了几口水，就在水上面动开了脑筋，一时想到传说中有个大隐溪，水质鲜美清甜，心中就打定主意去远处挑水给母亲喝。于是次日一早，董黯挑起一付水桶担，脚穿山袜草鞋，安顿好床上老母，便匆匆出发上路了。

这大隐溪离家足足有 30 多里山路，一路上董黯爬山越岭，寻道问路，翻过七七四十九座山，爬过七七四十九道岭，总算来到了大隐山下。只见一道清澈见底的溪水，汩汩流出山岙，曲曲折折一路向北流去，溪底铺满大大小小的五色鹅卵石，溪水长流，不时溅起簇簇浪花，石缝中常见一群柳叶般的小鱼追逐戏嬉。董黯不禁捧起一掬山泉，呼噜一声喝了下去，果然，一股清泉沁入心脾，甘冽无比，不觉长舒一气，脱口大喊："我总算找到你了！"一时间，群山回响，回音缭绕，百鸟唱和。环顾四周，青山连绵，绿树葱葱，连日的忧虑，路途的劳顿烟消云散，心境豁然开朗。

董黯思娘心切，不敢留连忘返，抓紧舀满水桶，上路回家。常言道"百步无轻担"，董黯并非山区土生土长，肩挑一担水，翻越几十里山路，一往一回，肩上红肿，脚底打泡，腰酸背痛，吃了千辛万苦，历经曲折坎坷，巅巅晃晃直到天黑才回到家，尚有半担溪水。此时他不敢怠慢，起火烧水，又是泡茶。

董黯将茶水端上娘的床头，声声唤娘喝茶。这时，为娘的怔了半天，心里半是甜蜜半是辛苦，甜的是丈夫虽然早亡，儿子长大成人这般懂事，这般孝敬老母，又能吃得千辛万苦，苦的是自己生了这不知名的毛病，拖累了儿子，不知这病是长是短是死是活，何年何月才能结束？想着想着，又被儿子的请求唤回了思绪，双手接过儿子的热茶，咽了一口，呼出一团闷气，咕咕又喝了大半碗，只觉得有股清新的暖流，曲曲折折流过心胸流过五脏六腑，似乎胸口胀闷减轻了许多，病情减轻了许多，顿时喜上心头，把儿子夸赞了一番。有了喝的总比不吃不喝强多了。

自此之后，儿子隔三差五挑水回家，母亲努力喝着溪水，把它当饭又当药，总之病情不见再加重，还时有减轻的感觉。如此这般也不知过了多少日子，母子两人心生一计：与其天长日久挑来远水解近渴，何不就近结庐为舍，就地取用？于是他们邀集了一帮亲朋友好邻里乡亲，在大隐溪边搭起数间房舍，把董母安顿下来。从此在董黯的悉心照料下，董母的病竟慢慢地康复了。

启智一点通

与其说是大隐溪的水好，不如说是董黯的孝心感动了神灵。董黯的故事流传开来，成为后人歌颂的榜样。这个故事告诉我们：在父母身体不方便时，做儿女的要替他们着想，为他们想方设法解除痛苦。只要肯动脑子，办法总会想到的。要把父母的痛苦视为自己的痛苦，就像我们的痛苦也被他们视为痛苦一样。

母亲的汤药儿先尝

公元前202年，刘邦建立了西汉政权。刘邦的儿子刘恒，即后来的汉文帝，是一个有名的大孝子。刘恒对他的母亲皇太后很孝顺，从来也不怠慢。

有一次，他的母亲患了重病，这可急坏了刘恒。他母亲一病就是三年，卧床不起。刘恒亲自为母亲煎药汤，并且日夜守护在母亲的床前。每次看到母亲睡了，才趴在母亲床边睡一会儿。刘恒天天为母亲煎药，每次煎完，自己总先尝一尝，看看汤药苦不苦，烫不烫，自己觉得差不多了，才给母亲喝。

刘恒孝顺母亲的事，在朝野广为流传。人们都称赞他是一个仁孝之子。有诗颂：

仁孝闻天下，巍巍冠百王。

母后三载病，汤药必先尝。

启智一点通

后人为了纪念文帝的伟业和仁政以及他的孝道，将其列为二十四孝之第二孝。一个九五之尊的皇帝，对母亲仍然像普通人一样尽孝道，更是难能可贵。不管是什么人，地位有多么高，在母亲面前永远是子女，永远担负着孝敬和抚养父母的责任。在父母面前，任何人都没有不履行孝道的特权。

为父尝粪验病情

庚黔娄是南北朝时南齐人，他被派到孱陵这个地方去当县令。刚当上县令，他很是欣喜，可是到任还不到 10 天，突然就觉得心头好似小鹿乱撞一般，咚咚直跳，而且额头上的汗珠簌簌往下流。俗话说：父子连心。黔娄心想一定是家里有不祥之事，便要辞官回家。衙门里的人听说后，觉得辞掉官职很可惜，便说："你要是不放心就先派个衙役回家看看，要不然直接把家人接到这里。"但是黔娄一想到家中年迈的老父亲，便毅然决然地谢绝了众人的好意，马上起程。他路上不敢耽误片刻工夫，夜以继日地赶路，终于赶到了家。

果然，他的父亲真的生病了。身患痢疾，卧床不起，刚开始两天。他看到卧床的老父亲说："是我没有照顾好您，都是我的责任啊！"然后黔娄不顾路途的疲劳立即去找最好的医生来为父亲诊断病情。

医生告诉黔娄说："如果你想要知道病情的严重与否，你就要去尝尝他的粪便味道如何，到底是苦还是甜。如果是苦的，就很容易医治；如果是甜的就不好了。"在场的家仆都觉得这样会很为难。可是黔娄听说后，想都不想便尝了。当场的人都深深地被黔娄的孝心感动了，有的还在一旁轻轻抽泣着。黔娄感到一丝甜味，这说明父亲的病很严重，于是忧心如焚。

此后，他更加尽力地侍奉父亲，白天亲自服侍，到了晚上就向着北斗七星磕头祈求，希望能以他自己的身体代替父亲承担病情，希望以他的生命来换取父亲的存活。每天如此，迫切地向上天祷告，头都磕破了。

但是父亲的病很严重，过了不久，黔娄的父亲就过世了。黔娄在守丧期间非常哀痛，尽到了为人子女的守孝丧礼，他几乎没有办法承担父亲的过世，身体在这时非常脆弱，可见他丧亲悲痛之深。更重要的是，他为了能赶快回家看父亲可以放弃官职，完全抛弃名利，一点儿都不留恋，这是

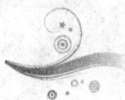

一般人无法做到的，可见黔娄对父亲的孝敬何其深。

启智一点通

过去医疗不发达，所以任何化验的工作都要亲自去做。现在我们可以借用高科技来化验，不用那样了。但是父母对于我们恩重如山，我们欲报之情、欲报之恩，是永远没有办法报尽的。孝是天之经、地之义，孝敬自己的父母是理所当然，我们更应该将这种孝敬之心推广到对天下所有长辈的尊敬。

为母寻求丁公藤

南北朝时候，南宋朝有个解叔谦，他的母亲有了病，解叔谦就在晚上祷告天地，忽然天空里有说话的声音："这个病只要用丁公藤做了酒吃了，就会好的。"解叔谦就去访问许多医生，可是都不晓得这个丁公藤。他就不辞困苦艰难，一路路地去访求，一直到了宜都，看见有一个年老的人正在砍着树木，解叔谦就问他这是什么。老年人说："这是丁公藤啊，治风病是很有效验的。"解叔谦就跪在地上哭拜，把自己访求丁公藤的来意说了。于是老人就给了他四段丁公藤，并且把浸酒的方法教给了他。解叔谦拜着受了，回头一看，那个老人家不知到哪里去了。他拿回家去，依了他的方法，浸了酒给母亲吃，母亲的病果然好了。

启智一点通

解叔谦乞藤，终于如愿以偿。除掉故事中的神秘成分，这完全是一个不辞千辛万苦为母亲求医问药的故事。面对生病的亲人，与其坐以待毙，不如想尽方法，为亲人寻找医治的良方。这本来就是做儿女的应该做到的。

孙之翰割肝救母

孙之翰出生南宋时期，当时的家境不错，有田几亩，有山几座，家里还能差婢使女，一家人生活得都很开心。但天有不测风云，孙之瀚16岁那年，父亲突然患病，一病就没有起床，家里的几亩田为医治父亲的病被变卖而光，家境日益破落，不到三年父亲撒手离开了人间。孙夫人眼看着丈夫离去，整天郁郁闷闷，没过半年，也病倒在床，虽说孙之瀚每天给母亲治病，可是母亲的病仍不见好转。

有一天，孙之瀚在去药铺的路上，偶尔遇到一位郎中，就非常有礼地上去问他："先生，请问我母亲得了一种莫名其妙的病，不吃不喝，老是说心头疼，心头难受，该如何是好？"郎中一听眉头一皱，捋着胡子思考了一会儿说："你母亲的病是不治之症啊！"孙之瀚一听，急得额上冒出了虚汗，急着问："先生真的无药可救吗？那怎么办呢，难道眼睁睁地看着母亲死去？"郎中先生看着孙之瀚对母亲病情的关注，最后，无奈地说："有一种药听说可用，但这是历代没有人用过的药。"孙之瀚急着又问："到底是什么药？只要能办到哪怕天上的月亮我也要去挖。"最后，郎中先生告诉他只有用活人的肝才能治好他母亲的病。

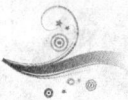

孙之瀚跪倒在郎中脚下，苦苦哀求，让郎中帮他取出自己的肝。郎中看着这位孝子真心救母亲，就把他带到自己的家里，动手取肝，再派人送到孙之瀚的家中叫孙之瀚的亲戚熬粥给他母亲喝。其母亲食后如饮酒沉醉，酣睡整宿，次日醒来霍然痊愈，乡人均谓孝感所致，传为奇闻。

当时鄞州的郡守赵伯圭为宋宗室嗣秀王，听说此事后非常震惊，太夫人更想见见这位大孝子，于是命慈溪县派员护送到郡地。太守母子查看孙之瀚剖腹痕迹，问当时情况，嗟叹不已，欲将其事迹上报朝廷褒奖。孙之瀚谢绝道："本心报母，不想表扬。"赵太守不夺其志，馈赠果礼，鼓乐送归。

启智一点通

古代割肝，所冒的风险会更大，也更危险。因为那时条件差，容易感染；没有麻醉药物，也会更疼痛。所以，古人能做到这一点，是冒着生命危险的。我们学习古人，就是要学习这种替母分忧、为母尽孝的无私和大爱精神，这种精神维系着母子亲情，维系着人间最美好的家庭关系。

田世国捐肾救母

田世国是山东省枣庄人。这年三月的一天，正在广州创业的田世国接到老家电话，说他母亲被确诊为尿毒症，已经到了晚期。这消息犹如晴天霹雳。他不敢耽搁，当天晚上就赶往枣庄。而就在他推开血液透析室大门的那一瞬间，他被眼前的一幕惊呆了：年近七旬的母亲躺在白色的病床

上，手臂上插着粗大的导管……田世国跟跄着扑到母亲的病床前，哽咽着说："妈，我回家看您来了！"

听到儿子的声音，老太太睁开了眼睛埋怨说："你在广州那么忙，大老远跑回来干什么？"

田世国看到一旁的家人不停地向他使眼色，才明白母亲可能并不清楚自己的病情。他稍微稳定了一下情绪，说这次回来是去东北出差，顺路回家看看，得知母亲病得这么重，他就到医院来了。田世国安慰母亲说："妈，您放心，有我们兄妹在，您一定会好起来的。"

从透析室出来后，田世国立即奔向了医生的办公室，向医生询问治疗方案。医生告诉他，尿毒症患者的治疗方法主要是靠血液透析或换肾来维持生命，虽然肾移植可以使病人像正常人一样生活，但不仅费用昂贵，而且肾源不好找，特别是像刘玉环这样已经年过花甲的老人，肾移植手术的风险更大。

一边听医生说，田世国一边在心中暗下决心：我要给母亲进行肾移植，我一定要救我的母亲！

于是，他安慰将信将疑的母亲："我在广州有很多朋友，他们一定能帮得上忙。至于手术所需的费用，我也早做好了准备。反正钱是人挣的，只要您还能活着，就能激励我再去挣钱。"

回到广州后，田世国立即到各大医院联系肾源，并把配型资料在各大医学网站上发布。然而两个多月过去了，合适的肾脏却一直没有找到。田世国为此每天茶饭不思，人一下子就憔悴下来。

然而，老太太这边却等不下去了，每周两次的血液透析治疗让她备感内疚。因为她心里清楚，一次透析就要花费 400 元，她不想临到老了还在经济上拖累儿女，于是便自做主张将每周两次的透析减少到了一次。结果却是险些送了命，经过一个多小时的抢救才转危为安。

远在广州的田世国得知这些事情后，他在心里跟自己说："妈，您坚持住，您只要给我几个月的时间就可以，我一定给您找到合适的肾。"

可问题在于，田世国的母亲是 O 型血，这使得寻找肾源变得更加困难。

这天深夜，田世国示意妻子坐下，沉默了好长时间后才说："肾源很难找了，但妈的病不能再拖了……所以，我想和你商量个事！"说完，他

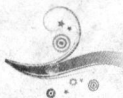

指了指自己的腰部。妻子一听，差点急得哭出来："不会是你想自己捐肾吧？"田世国坚定地点了点头，以不容置疑的口气说："我来捐肾，一定要救活我的妈妈！"

田世国告诉母亲，说是一个死刑犯自愿捐出自己的肾。肾源的方案有了，接踵而来的难题就是如何说服母亲接受手术。换肾手术最少也要20多万元，为了打消母亲关于费用的顾虑，田世国和弟弟妹妹只得一边筹钱一边对老人撒谎。他们骗母亲说手术费用仅需六七万元。出乎他们意料的是，这一次，母亲爽快地答应了手术。

不久，田世国和母亲同时住进了上海复旦大学附属中山医院。当手术单披在他身上时，田世国感到了一阵前所未有的轻松，他对身边的护士说："我终于可以救我妈了，再过一会儿，我的肾就要在她的体内工作了。"

换肾手术很成功。老人得救了，她怎么也不会想到，救命恩人就是自己的儿子。

启智一点通

究竟是什么样的力量会让一个儿子不惜牺牲自己的健康，为母亲的生命延续做出如此巨大的精神和身体的奉献？是什么维系着中国传统的家庭稳定与亲密？讲完这个故事，我们会情不自禁地思考这个问题：我们的生命是父亲和母亲给予的，作为儿女，我们又能给予父母们什么呢？

背着母亲上大学

在 2005 年揭晓的"全国十大孝贤"评选中，背着母亲上大学的张尚昀被评为全国十大孝贤之首。

2000 年秋，张尚昀被长春税务学院录取时，家里除了他和母亲，还有年届九旬的姥姥，母亲张桂梅在乡畜牧站工作，每月仅有 200 多元工资。

靠母亲每月省下来的 100 元生活费，张尚昀撑到寒假。回家一看，母亲卧病在床，他才知道，几个月前母亲出车祸，患上了重度脑部残疾。

临近春节，家里没有一点钱，能吃的东西只有一棵白菜。

寒假开学后，张尚昀本想休学打工照顾母亲，可在母亲的逼迫下再次回到学校，利用课余时间打工挣钱。但是，由于这样打工收入太低，连自己都难以养活，他只好在 2001 年 7 月向学院申请休学，打工挣钱给母亲治病。

为挣钱养家，张尚昀什么活都愿意干。在郑州，他在饭店里洗过盘子、卖过菜；在许昌，他在一家煤矿做过财会；在石家庄和唐山，瘦弱的他还干过搬运工。

有一次，他在石家庄做搬运工，一整天没有守到活儿，也一整天没吃饭。等到下半夜，终于有个老板来叫人拉沙，他兴奋地和几个民工一直干到天亮。最后结账的时候老板看他太瘦弱，多给了他 10 块钱。那一天，他高兴极了，第一次"奢侈"地去饭铺买了碗热面条吃。

学校了解到张尚昀家庭的不幸以及他打工救母的事情，破例允许他在校外自学，然后到校参加考试，完成大学学业。张尚昀就利用打工的空闲时间看书学习，然后在每学期的最后 1 个月回学校集中上课和复习。

在这样的情况下，在班里 40 多名同学中，张尚昀第一个通过计算机等级考试，第一批通过英语四、六级考试，在前 6 个学期中，他有 5 个学期

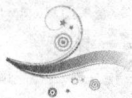

凭学习成绩拿到了奖学金。

可是，命运的打击接二连三。2003 年，张尚昀的姥姥去世。这年冬天，母亲又摔了一跤，病情更加严重，生活不能自理。张尚昀毅然决定，把母亲带在身边，打工求学。

在长春，张尚昀租了一间八九平方米的小屋和妈妈住了下来。每天，张尚昀早上 5 点起床读书，7 点半去上班。晚上干完活回到家照顾母亲睡下后，自己再读书学习。

2004 年年底，即将毕业的张尚昀参加了河南省税务系统公务员招考考试。在数千名考生中，他取得了税务稽查岗笔试第一名的成绩。

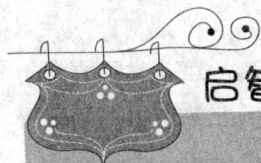

启智一点通

　　每当我们读完一则孝子故事的时候，总会禁不住流下热泪。孝心，是一份没有掺假的爱心，是一种强烈的责任意识，是一种最朴素的人间真情和报恩行为。因为，我们没有任何理由不报答生我们养我们的父母双亲。

遍尝百草救母亲

　　1950 年，陈立强出生在湖北省利川市汪营镇沙子坎村一个农民家庭，早年由于家境贫困，生活艰辛，已过了结婚的年龄，可仍没有找到对象。真是屋漏偏逢连夜雨，1977 年，陈立强母亲唐雪梅的乳房突然出现拇指般大的肿块，疼痛难忍，被医生诊断为乳腺癌。突如其来的重病，对这个家来说无异于雪上加霜。由于无法承受高昂的治疗费用，陈立强只好用手推车把母亲从医院接回家中，四处寻找民间偏方给她治病。

母亲说："儿啊，你不要管我了，还是去找个人成家吧!"

陈立强大哭，跪下说道："娘，我要一个人照顾你一辈子!"

一句话，一辈子，一生情。从此，只有小学文化的陈立强开始潜心学习医术，给母亲当"医生"。

33年来，陈立强遍访附近的老中医，请他们上门给母亲开药方。为了省钱，他找来《民间秘方精选》《恩施中草药图集》等书籍自学中药知识，并尝试着到山上采集老中医们开出的草药。

鄂西的山里，有各种植物2000多种，其中能入药的就有数百种。要一一识别，对于一个半路出家学习中医的农民来说，谈何容易。但母亲的病痛，让陈立强不惧困难，带上背篓、镰刀、药铲、干粮、绳索和医书，走向了大山深处。

1980年的秋天，为了在一处绝壁上采摘一种稀少的草药，陈立强将绳索一头系在树上，一头绑在腰间，像荡秋千一样接近草药。草药刚刚采集到手，不料拴绳索的树枝断了，他死死拉住绝壁上的灌木，才没有摔下山崖……

陈立强根据医书上的药名和药味，一一品尝从山上采集的各种草药。有一次，他在家中品尝一种药材，刚嚼了一口，立即人事不省，四肢僵硬。邻居见状，立即喊来老中医，配置解药服下后，他才缓过神来。

每一次，陈立强参照老配方自制药方后，都要把熬好的药先行服用，确认无毒，才给母亲服用，并根据母亲的用药反应，不断地改进药方。在陈立强的细心照料下，母亲的病情竟然奇迹般地一天比一天好了起来。

2010年春天，当屋旁的桃花开得最灿烂的时候，母亲唐雪梅终于走完她人生的最后旅程，安祥地去世了。这一年，陈立强已经60岁了，但依然是单身。

陈立强独身侍母的故事感动了社会。很多好心人都为他张罗婚事，可陈立强却说道："我身无分文，谁嫁给我都会受罪的。"

但是，有一位名叫马志英的妇女，她中年丧偶，独自抚养三个儿子。得知陈立强的事迹后，马志英十分感动，她主动找到陈立强说："你该有个家了，如果可以，我愿意嫁给你，为你洗衣做饭。"于是，两人在媒人的撮合下，终于走进了婚姻的殿堂。

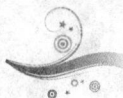

启智一点通

提到孝心，许多人都能理解，也能做到。但是，当给父母尽孝与自己的切身利益相冲突时，有的人可能就会首先考虑自身的利益。在生活中，父子冲突、婆媳矛盾，大都是这个原因造成的。陈立强为了给老母治病，几十年如一日，甚至耽误了自己的婚姻也在所不惜，这是十分难得的。孝心有时是要付出代价的，在困难时期，最能验证一个人的孝心。

久病床前有孝子

申德义大学毕业后一直在青岛工作，父亲在村办企业当会计，母亲务农。一家人的生活虽说不富裕，但衣食无忧。这年，申德义的父亲申立平不幸脑干出血，虽说经过抢救保住了性命，可遗憾的是，申立平失去了意识，成了植物人。

自从父亲病了以后，申德义便辞去了在青岛的工作，专心在家照顾父亲。一年多的时间里，申德义没有间断过一天，为父亲喂饭、翻身、擦洗、吸痰……一天只能睡三四个小时。人们都说"久病床前无孝子"，申德义用自己的行动证明了自己的孝心。他一心想把父亲的病治好，从来没有考虑过自己的工作和婚姻。

每天早上，他5点半起床，起来之后先为父亲做饭，一般情况下早上就是稀饭和鸡蛋。由于是通过进食管打到胃里，所以饭不能太热，也不能太稠。等着稀饭凉下来的时间里，申德义要给父亲刷牙、擦脸、擦手、刮胡子，之后便给父亲喂饭。吃完饭之后就开始喂药。申德义把每一粒药都

弄碎，然后再掺上水打到父亲体内。

忙完这一套，申德义就开始清洗进食管。为了防止病菌，所以每天要清洗进食管两遍：先用刷子刷，之后再蒸煮，以便消毒。由于病情的原因，他的父亲一次不能吃得太饱，如果吃得饱了会吐出来，所以每隔四个小时就要喂一次，一天喂六次，晚上也得起来喂。

空闲时间，申德义就会为父亲做按摩，给他活动一下手和胳膊。为了防止父亲起褥疮，申德义每隔两个小时就为父亲翻一次身，每天要为父亲擦洗一遍身子。

最熬时间的是吸痰。由于不能自由呼吸，所以父亲要靠吸痰器吸痰，病重的时候，每隔十分钟就要吸一次痰，要不然就会憋住。为了方便为父亲吸痰，申德义几乎没出过门。据邻居介绍，申德义偶尔去串个门，待不了十分钟就得赶回家照看父亲。晚上为了能及时听见父亲的咳嗽声，申德义直接在父亲床边的沙发上睡觉，每天晚上起来为父亲吸痰、喂饭，一晚上根本睡不了多长时间。"一天也就睡三四个小时吧，而且还睡不踏实，总是惦记着为父亲吸痰，别让他憋着。"申德义对记者说。

都说"久病床前无孝子"，可就是这样枯燥乏味的生活，申德义已经坚持了一年多。这一年多的时间里，申德义没出过村，天天守在父亲身边。申德义说："我忘不了小时候父亲为我洗脚，给我买好东西时的情景，虽说父亲不善于表达，但我知道他是十分疼爱我的。现在父亲病了，我也要尽上我的孝心。我盼着父亲好起来的那一天。"

为了能给父亲治好病，申德义千方百计地为父亲增加营养。平时他先用榨汁机把水果榨成汁，煮了之后再用针管喂给父亲。他为父亲磨鲜豆浆，还把肉剁成米粒大小，掺在稀饭里熬了给父亲喝。

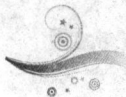

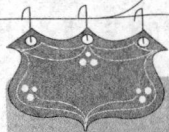

启智一点通

申德义一心只为父亲治病，他说："我忘不了小时候父亲为我洗脚，给我买好东西时的情景，虽说父亲不善于表达，但我知道他是十分疼爱我的。现在父亲病了，我也要尽上我的孝心。我盼着父亲好起来的那一天。"这是一种朴素的感恩之心，是人间孝道的动力源泉。一个懂得感恩父母的人，才会有如此感人的孝心故事。

孝女摘肾救父

40多岁的韩先生是农场一名职工。1997年他经常无缘无故感到疲惫不堪，腿脚浮肿起来，去医院一查，结果令家人大吃一惊：慢性肾炎晚期。医生说，这种病再发展几年后就是尿毒症。从此，中药、西药伴随着韩先生不离身。2000年初，尿毒症终于降临到韩先生身上。因为双肾失去了代谢功能，所以他全身浮肿，经常呕吐，吃不下东西。唯一的办法是做透析，一个星期两次，费用900多元。几年下来，韩家已欠债近10万元。医生说，最根本的办法是换肾。

债台高筑的韩家根本无法支付天文数字的换肾费用。韩先生的两个孝儿和一个孝女得知如果由家里人提供肾源，不仅可以减少很多医疗费，而且更容易种植和成活。于是一个大胆的决定在三兄妹心中酝酿开了：咱们都没钱帮父亲治病，但咱们可以向父亲提供一颗健康的肾。两兄弟知道妹妹体格瘦弱，不想让妹妹参与，然而，妹妹不同意。当时兄妹任谁也说服不了谁。无奈便立下协议：由医院鉴定谁的肾最健康，就用谁的。

三兄妹将想法告诉了父亲，起初韩先生坚决拒绝，但儿女们的孝心终

究无法阻挡。两兄弟先到医院做了检查，遗憾的是兄弟俩的肾都不合适。正在做代课教师的女儿韩瑜得知情况后，马上表态："用我的。"并立即请假到医院做了检查，结果是双肾十分健康。

韩瑜刚满 18 岁，她说："父亲与母亲将我们兄妹三人拉扯大十分不容易，至今也没过上一天舒心的日子。况且医生说了，捐一个肾对身体没有大的影响。就是真有影响，为了救父亲，我也心甘情愿。"韩瑜想起自己刚出生时体质较弱，经常生病，有人劝父亲，这么难养，扔了算了。然而，父亲紧紧抱着她坚决地说："再怎么难，也要将她养大成人。"她上小学三年级时，一天夜晚突然发起高烧来，父亲急得背起她跑了整整一条街，乞求医生开门给看看。就在她考取了师范学校后，父亲有病了，但仍毫不犹豫地向亲友借钱，供她上学。三年学费一万多元，对于父亲来说，这可是救他命的钱呀。如今为父亲捐肾，还有什么值得犹豫的？

启智一点通

当我们的父母面临病魔的侵害时，做儿女的没有任何理由犹豫和迟疑，而应该处处为父母着想，为解除他们的病痛助一臂之力。孝女摘肾救父，代表了新时代的孝，揭示了孝朴实无华的本质和父慈子孝的关系，韩瑜为我们孝亲树立了榜样。

当代孝女心

安萍是一个正值如花年华的女孩，她生性活泼开朗，一天到晚哼着无忧无虑的歌儿。她已经有了倾心相爱的白马王子——一位帅气又忠厚的年

轻军官，少女的心中有多少对未来美好生活的憧憬啊！

这天，安萍的母亲轰然倒地，安萍手忙脚乱地和父亲一起把妈妈送到医院。当她听到母亲微弱的呻吟，看到母亲因中风而歪斜的面孔时，她惊骇得四肢冰冷。而在医院的楼梯上，她又看到了患三期矽肺病的父亲，因一口气没上来，差点倒栽楼下的惊险场面。当时她快吓懵了，她突然想到了自己的责任：她是长女，还有四个未成年的妹妹，小妹才 12 岁啊！

她让父亲先在医院里照看着母亲，自己快回家去安顿好妹妹们，然后又赶回医院，紧紧抱住已不省人事的母亲。这一抱就是七天八夜。女儿的哀哀之心，皇天可鉴啊。母亲终于黄泉路返，当听到医生说母亲已脱离危险时，她才敢放开妈妈，然而自己却以僵直抱母亲的姿势昏迷了过去。

安萍忍着满腹的辛酸悲苦，主动和等了她两年的军官断绝了恋爱关系。从此，她便一门心思地开始了为母亲求医问药的艰难时日。

本来就是普通工人的家庭，姊妹又多，安萍家的生活一直很艰苦，如今父母双双病倒，日子就更加拮据了。这年，家里雪上加霜，安萍的父亲终因肺病不治而亡，家中主要的经济来源从此断绝。母女六人完全陷入了痛苦和贫困之中。刘安萍为母亲请医求治时，常常因无钱送礼而遭白眼。

如果说冷落还能忍受，那么屈辱则是刘安萍所不能坦然处之的。那是父亲病逝后遇到的，一位熟人介绍了一位老中医来给母亲治病。几次针灸治疗以后，母亲的病有所好转，安萍和妹妹们欢喜若狂。谁知后来那中医竟见不到影了，安萍去询问介绍人，介绍人说："你不知道吗？他治好你妈妈的病是有条件的，就是要你嫁给他儿子呀。"

安萍没料到世上竟有这种乘人之危的医生，但当她痛定思痛，想到母亲的病，想到妹妹尚小不能失去母亲时，她决定下嫁，但必须了解对方的人品。经打听，原来对方是个从劳改队刚释放出来的人。

几天后，那老中医与他儿子分别跟安萍和她母亲谈婚事，母亲坚决拒绝。安萍对老中医说："你不该做这种乘人之危的事。"老中医翻脸说："看样子你是不想让你妈的病好了。"说着拂手而去。

安萍被气得直颤抖，她想起了自己的苦楚和遭受的屈辱，忍不住一头扒在桌子上放声大哭起来。一个弱女子求人太难了。那天安萍直哭到凌晨四点钟。她在泪水中横下一条心，与其求人，不如自学。安萍叫醒了妈妈说："我自己学着给你扎针吧，咱不求人了。"母亲鼓励安萍说："安萍，

你扎吧，扎好了总结经验，扎死了，总结教训。"

母亲的两句话，成了安萍10多年学医救母的坚强支柱。

刘安萍开始了自学针灸。她买不起书，就到书店去抄，遭到了营业员的阻挠，无奈她捧着书，站在书架前背诵，回到家里就赶忙记下来。久而久之，书店营业员了解到她的一片孝心，也就通情达理地让她抄书了。

她第一次试扎，扎自己的合谷穴，她闭上眼睛猛扎下去，把虎口都扎穿了。所有穴位和进针方式安萍都在自己身上先扎找感觉，试出轻重和准确位置之后，再给母亲扎。

苍天不负有心人，两个月后，母亲便可以坐起来了。一天，安萍给母亲针灸完毕，几个妹妹在床前给母亲洗脚。女儿的小手无意碰到了母亲的脚心，母亲叫起来："别挠了，我痒痒。"安萍惊喜起来；

半年之后，母亲真的可以下床走路了，恢复最好的时候，还可以去晒衣、做被子、腌酸菜，甚至可以下楼，站在门口迎接安萍下班回来。"屋漏偏逢连阴雨"，灾难和不幸似乎跟定了这苦难的家庭。不久，母亲第二次中风，安萍和妹妹们连拖带拉，抬头扛脚地把母亲送往医院。医生一查病情就推开安萍问："你们家的大人呢？"安萍说："我就是。"

这年安萍24岁，她的确担起了大人都难以承受的重担。母亲脱离危险后，安萍继续给母亲针灸，并且大胆地用穴位注射等方法治好了母亲的心脏病。安萍就是这样一次又一次把母亲从死神那里抢回来的。

启智一点通

人的性格是可以改造的，善良的心性要在朴实的生活中培养，坚强意志是需要在逆境中磨炼的。安萍的高尚品质源于勤劳朴实的家庭，苦难给她带来不幸，但也使她坚强起来。正是因为她的坚强和孝心，使她一次又一次地把母亲从死亡线上抢回来。儿女能做到这一点，哪个父母不活得快乐，不由衷地感到欣慰和幸福呢？

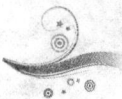

郭沫若为母寻药

郭沫若的母亲是一个性格开朗、乐观的女人，她自信心强，资质聪明。虽然年幼没有读过书，但凭耳濡目染，也认得一些字，而且她喜爱诗歌，能够背诵许多唐诗。在郭沫若 3 岁的时候，母亲就教他背诵了很多诗。母亲最喜欢郭沫若，郭沫若也特别敬爱自己的母亲。

由于劳累过度，母亲的身体非常衰弱，她每年初秋，总要晕倒一两回，当时四川农村称这种病为"晕病"。

郭沫若 5 岁那年，母亲的晕病又犯了。她躺在床上，成天呻吟呕吐，不仅饭不能吃，有时连水都不能喝。郭沫若看在眼里，急在心上，怎样才能医好母亲的病呢？一天他听大人们说，芭蕉花是治这种晕病的良药。可是芭蕉在四川很不容易开花，不好买到，即使有卖的，价钱也特别贵。他心里暗想：要是我能找到一朵芭蕉花，治好母亲的病，那该多好啊！

有一天，郭沫若同比他大 4 岁的二哥到外面玩耍，来到福建人的会馆天后宫，这里供着一位叫"天后圣母"的女神。无意中，郭沫若看见天后宫园内有一簇芭蕉，其中一颗正开着一朵大黄花，好看极了。

郭沫若惊喜万分，悄悄地对二哥说："二哥，你看，那园里有朵芭蕉花，咱们把它摘下来给妈妈治病好吗？"二哥急忙拦住说："不行！那是天后圣母的花，凡人是不能摘的！""动了又怎么样！"郭沫若倔强地反问。他没听二哥的劝阻，拼命地爬上了一米来高的围墙，把芭蕉花摘下来藏在衣服里，气喘吁吁地跑回了家。

郭沫若手捧着芭蕉花，连蹦带跳地跑到母亲床前。没想到，不但没得到夸奖，反而挨了父亲一顿打。

郭沫若不服，理直气壮地说："摘芭蕉花给母亲治病有什么错？管它是谁的花，只要能治好母亲的病就行呗！"郭沫若感到委屈，伤心地哭了。

后来，郭沫若留学日本。他时常思念年迈的老母，1932年母亲病逝时，他竟无法回国送葬。他在日本期间写的研究中国古代社会的一些著名论文，用的都是"杜衍"的笔名。他母亲姓杜，性格刚直，他所以取名杜衍，是用来纪念自己的母亲。郭沫若50岁那年，曾在文章中深情地回忆说："我母亲事实上是我真正的蒙师。"

启智一点通

母亲是我们一生最值得敬重和怀念的人，母亲不仅生下我们，也悉心养育了我们，为我们的一举一动当保护伞，看着我们长大，守着我们成人。一旦我们有什么意外，最焦急最用心的总是我们的母亲。郭沫若幼时寻药治母病，中年著文忆母恩。文坛巨匠虽已逝，敬老美德传后人。

孝亲敬老之星

陈子杰出生在陇西一个贫困的农村家庭，不到一岁就被亲生父母过继给其堂伯做养子。"穷人的孩子早当家"，陈子杰从小就很懂事，从不让养父母操心。在村里还算是个"文化人"的养父从小就教育他：做人要有爱心，要诚实善良，孝敬长辈。在养父母的精心抚育下，陈子杰从小就养成了德孝为先的好品质。

1994年，已经参加工作的陈子杰为了更好地照顾养父母，将年近七旬的养父母接到单位进行照料。十几年来，他给老人喂饭、洗衣、收拾房间、陪老人聊天，悉心照顾着两位老人的饮食起居，中间从未间断。养父逢人便说，是自己命好，有一个听话孝顺的好儿子。在陈子杰细心周到的

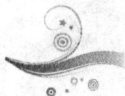

服侍下，一家人和和睦睦，父慈子孝，生活幸福美满。2004 年，已 80 岁高龄的养父身体状况大不如前，有时大小便失禁，房间地上便会留下大小便，房间里总有一股异味。为了照顾老人的自尊心，每次他都是悄悄地清理打扫干净，从未露出过任何嫌脏、怕臭的表情。养父在农村生活惯了，虽然来单位近 10 年了，但他依然保持着熬罐罐茶、抽水烟的习惯，陈子杰总是想办法提供条件，满足老人的嗜好。老人牙齿不好，他就尽量做一些酥软可口、容易咀嚼的饭菜给老人吃。陈子杰明白，孝敬父母，要懂得将心比心、角色互换，现在对父母怎么样，将来自己的孩子也会一样对自己。在平时的生活中，他不光在物质上孝顺父母，他知道，老人晚年需要的不仅仅是吃好喝好，更需要一个安宁的生活环境，让老人有一份好心情。养父去世后，按照老人的遗愿，他不远千里将老人送回老家安葬，尽了最后一份孝心。

养父去世后，他更加细心地照顾着养母，除了照顾好老人的饮食起居外，他一有时间就陪老人拉家常、看电视，帮老人排遣晚年的孤独。他从不和老人生气，老人说什么他就听什么，从不厌烦。他觉得，孝的真意就是爱，一个人如果连自己的父母都不爱不孝顺，又怎么能爱家、爱社会、爱这个国家呢？有了孝心，才会有责任感、使命感。多年来，他就是用这样一种爱去侍奉养父母，让老人感受到儿女的关爱，体会到家的温暖，有一个好心情，安享晚年生活。在他的悉心照料下，已 84 岁高龄的养母依然健在。

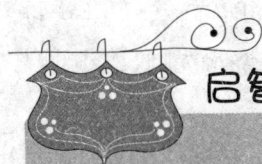

启智一点通

一个简单的孝字，说起来容易，做起来难，短时间容易，长期坚持难。孝顺父母是小孝、小爱，把这种爱转化成爱家、爱社会、爱国家，这是一种大爱、大孝，这样，我们整个社会就会进步，和谐就会到来。

李家两姐妹的孝道

一天晚上，李良才突发脑溢血，虽经及时治疗，身体得到一定恢复，但行动迟缓了，后来，他又不慎跌倒，胳膊摔骨折，身体每况愈下，连刷牙洗脸穿衣吃饭洗澡等简单的事情都需要人帮忙料理，大小便失禁，落下偏瘫的后遗症。李良才共有两女一子，儿子已过世多年。从此，他的两个女儿便义无返顾地承担起照顾父亲的责任和义务。

都说"久病床前无孝子"，可多年来两姐妹用她们的实际行动，阐释着孝的真谛。年近六旬的大女儿自父亲突发脑溢血后，举家搬进父亲家，精心照料父亲，并把家打理得井井有条。每天她都会变着花样为老人做些滋补的饭菜，被褥更是经常地拆洗、换晒，老人偏瘫 4 年了，房中一直干净整洁，一点异味都没有；每晚衣不解带，直接在父亲床头打地铺凑合，每隔两个小时就起来帮父亲翻身子、换尿布。

二女儿每天早上 8 点前风雨无阻地来到父亲家中，帮老人喂水、喂饭、喂药，让姐姐腾出时间买菜、洗尿布、做家务；下午 3 点，二女儿通常会推着轮椅带父亲到翠峰路广场晒晒太阳、吹吹风，即使下雨，她也会推着他在家属楼的大过道平台上呼吸新鲜空气。为老人烧水洗脚、修脚趾甲、擦洗按摩这些都是两个女儿每天必做的事。

天气变化时，李良才会因身体疼痛而呻吟不已，这时还要想办法帮他减轻痛苦。女婿们虽然经过了一天的辛苦工作，但他们每晚都会探望老人，陪老人说说话，直到老人睡觉了才离开。李良才的二女婿对记者说，有一次，老人半夜一点多突发高烧，大女婿和大女儿急忙背老人下楼上医院，找医生、拿药、喂药、吊水，忙了整个晚上，直到第二天早晨 7 点多才得以休息。他们也都是年近六旬的人了，这几年夜以继日地照顾老人，颈椎和腰椎也都落下了毛病，鬓间也增添了不少白发。

在父母的感染下，李良才的孙子外孙都很懂得孝顺长辈。如今老人儿孙满堂，外孙已工作，最小的外孙女也已经读初中三年级，虽然外孙长年在外工作，但一有节假日回到老家，第一件事便是去外公家里看望，陪外公说话解闷。

启智一点通

百善孝为先，照顾老人是子女应尽的义务。当父母年迈时，做儿女的要尽自己最大的努力陪陪老人，多疼爱老人，让老人心里感受到儿女的温暖。这是我们每一个人应该做到的，也必须做到的。当父母生病或不能动弹时，也正是考验我们孝心的时候。为病中的父母多牺牲一点自己的时间和精神，让他们战胜疾病，也是我们必须做到的。

第7章

体谅父母，理解他们为你所做的一切

　　每个人都有自己的性情，每个人都有自己的经历。我们的父母也有自己的个性，甚至还有诸多缺陷和不完美，他们为我们所做的一切，或许也有不恰当的地方，但这些都不是我们拒绝敬爱父母的理由，更不是嫌弃他们的借口。我们不仅要学会理解父母的苦心，更要学会体谅父母给我们带来的负面影响。因为，同父母生我们养我们相比，其他的不愉快都是微不足道的。

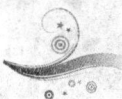

鸟的名字

夜晚，一位父亲和他的儿子在院子里散步。儿子大学毕业，在外地工作，好不容易回一趟家。

父子俩坐在一棵大树下，父亲指着树枝上的一只鸟问："儿子，那是什么？"

"一只乌鸦。"儿子说。

"是什么？"父亲的耳朵近来有点背了。

"一只乌鸦。"儿子的回答比第一次大，他以为父亲刚才没有听清楚。

"你说什么？"父亲又问道。

"是只乌鸦！"儿子大声喊道。

"儿子，你再说一遍，那是什么？"

"爸爸，那是一只乌鸦！你还没有听清吗？那是一只乌——鸦！"儿子已经变得不耐烦了。

父亲听到儿子的回答后，没有说一句话。过了一会儿，他突然站起身来，慢慢地走进屋里。几分钟后，父亲重又坐在儿子身边，手里多了一个发黄的笔记本。

儿子好奇地看着父亲翻动着本子，他不知道那是他父亲的日记本，上面记载着父亲日常生活的点点滴滴。父亲翻到 25 年前的一页，然后开始读出声来：

"今天，我带着乖儿子到院子里走了走。我俩坐下后，儿子看见树枝上停着一只鸟，问我：'爸爸，那是什么呀？'我告诉他，那是只乌鸦。过了一会儿，儿子又问我那只鸟是什么，我说那是只乌鸦……

"儿子反复地问那只鸟的名字，一共问了 12 次，每次我都耐心地重复

一遍。很高兴能有这样的机会，我知道儿子很好奇，希望他能记住那只鸟的名字。"

当父亲读完这页日记后，儿子已经泪流满面。"爸爸，你让我一下子懂得了许多，原谅我吧！"

启智一点通

父母在培养自己儿女的过程中，总是充满了耐心、细心和关心，一个孩子从牙牙学语到滔滔不绝地讲话、步履蹒跚到健步如飞，其中父母给予了多少无微不至的照料和教养，但从来没有一个父母感到疲倦和厌烦。相反，做儿女的又有多少人对老迈的父母付出了同样的关爱和耐心呢？嫌父母是"负担"的有之，骂父母是"老不死"的有之。究其原因，都是儿女回报给父母的爱心相差太少的缘故。

因为他是儿子

从前，一户农家有个顽劣成性的孩子，读书不成，反把老师的胡子一根根都拔下来；种田也不成，一时兴起，又把家里的麦田都种得七零八落。他每天只知道跟着狐朋狗友做些偷鸡摸狗的事。

他的父亲，一位老实巴交的庄稼人实在看不下去了，就呵斥了他几句，他不服，反而破口大骂。父亲不得已，操起菜刀吓唬他。没想到儿子冲过来抢过菜刀，一刀挥去，把父亲的右手切掉了。

老人捂着鲜血淋淋的右臂痛苦地呻吟着。而酿成大祸的他，连看也不

看一眼，扬长而去，从此杳无音信。

世事变迁，他再回来的时候，已是将军了。起豪宅，娶美姿，多少算有身份的人，要讲点面子，遂把父亲也安置于后院，但却一直冷漠相待，开口闭口"老狗奴"，自己则夜夜笙歌，父亲想要喝口水，也得自己用残缺的手拎着水桶去井边打。

邻人纷纷说："这种逆子，雷咋不劈了他呢?"

也许真是"恶有恶报"吧。一夜，将军的仇人来寻仇，直杀入内室。大宅里，那么多的幕僚、护卫都逃得无影无踪，眼看将军就要死在刀下。突然，老人从后院冲了出来，用唯一完好的左手死死地握住了刀刃，他的苍苍白发、他不顾性命的悍猛连刺客都给震慑住了，他便趁这刻的间隙大喊："儿啊，快跑，快跑呀!"

老人从此双手俱废。

三天后，在外逃亡的儿子回来了。他径直走到三天来不眠不休、翘首企盼的父亲面前，扑通一声跪下，含泪叫道："爹——"

第一刀为他，第二刀还是为他，只因他是老人的儿子。

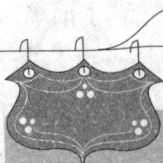

启智一点通

儿子总是自己的，不管他是好还是坏，是丑还是美。即使做儿子的不守孝道，胡作非为，他仍是自己的儿子，是自己的血脉。既然是儿子，就要爱护他、关心他，因为，父爱是无条件的，是神圣的，是不讲价钱的。父母之爱足可以感天地泣鬼神。在这里，我们再一次体验到父爱、母爱的伟大和真实。为了我们的父母，为了父母的那份挚爱，我们只有不辜负他们，报答他们，才是人间正道。如果我们惹父母生气，甚至伤害他们，迟早会感到惭愧。

狠心的母亲

那是我在百货店玩具柜台工作时遇到的一件事。

"对不起，您能听一下这孩子的话吗？"

我被一位30岁左右的母亲叫住了，有一位小学一年级的男孩子紧张地站在母亲身边。那男孩子像贝壳一样闭着嘴，眼睛只是向下看。

他母亲以严厉的语气说："快点，这位阿姨很忙！"我感到空气骤然紧张起来，到底发生了什么事？我一边猜想着，一边仔细看着这母子俩。这时我发现那男孩子手中握着什么东西，他那双小手还有点儿抖——那是件当时很受孩子们欢迎的玩具，这种玩具每次进货都被抢购一空，而且被盗窃的数量不亚于销售量。

"怎么了，你说点儿什么呀！"他母亲很生气，眼眶里充满了泪水，这时男孩子已经上气不接下气地哭了。

我的心脏仿佛被猛戳了一下，我又一次面向孩子，我想我必须要听他说句话，我甚至感到这个瞬间可能会左右孩子今后的人生。

这时，他的手不自然地伸开，被揉搓得破烂的包装中露出了玩具。

"我没想拿……"他费了很大力气才说出这句话。我现在还记得，孩子最后泣不成声地说了一句"对不起"。母亲那时的表情难以形容，我感到她好像放心地深叹了口气。

然后，他母亲干脆地对我说："请叫你们的负责人来，我来跟他说。"这时，我第一次懂得了母亲对孩子的深深的爱和教育子女的不易，我被她的行为深深地感动了。

"不用了，我收上这玩具钱，这件事就作为我们三个人的秘密吧，孩子明白自己做错了事，这就够了。"

我只道出了心情的一半，眼泪已夺眶而出，那位母亲几次向我鞠躬道

歉的身影，我现在也忘不掉，永远忘不掉。

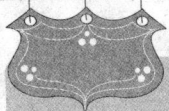

启智一点通

　　给孩子温暖的微笑，是一种爱；给孩子严厉的"斥责"，也是一种爱。孩童时期是知识积累和习惯养成的最关键时期，当他表现优秀时，予以赞美；当他的表现不好时，予以矫正。父母训斥孩子，有时可能非常严厉，但这种"严厉"的管教恰恰给孩子留下了深刻的印象，促使他们吸取教训。如果对孩子的不良行为过于宽容，甚至纵容，其结果必然害了孩子。想想看，当我们做错了什么时，爸爸妈妈是否严厉地管教了我们，甚至打了我们？这时，我们是否真正理解了父母的苦心？

不上锁的门

　　在苏格兰的格拉斯哥，一个小女孩像今天许多年轻人一样，厌倦了枯燥的家庭生活，不愿受父母的管制。

　　她离开了家，决心要做世界名人。她每次满怀希望求职时，都被无情地拒绝了。她只能走上街头，开始出卖肉体。许多年过去了，她的父亲死了，母亲也老了，可她仍然在泥沼中醉生梦死。

　　期间，母女俩从没有联系。可当母亲听说女儿的下落后，就不辞辛苦地找遍全城的每个街区、每条街道。她每到一个收容所，都停下脚步，哀求道："请让我把这幅画贴在这儿，好吗？"画上是一位面带微笑、满头白发的母亲，下面有一行手写的字：我仍然爱你……快回家吧！

几个月过去了，没有什么变化。一天，女孩懒洋洋地晃进一家收容所，那儿正等着她的是一份免费午餐。她排着队，心不在焉，双眼漫无目的地从告示栏里随意扫过。就在那一瞬，她看到了一张熟悉的面孔：那会是我母亲吗？

她挤出人群，上前观看。不错！那就是她的母亲，底下有一行字：我仍然爱着你……快回家！

这时，天已黑了下来，但她不顾一切地向家奔去。当她赶到家的时候，已经是凌晨了。站在门口，任性的女儿迟疑了一下，该不该进去呢？终于，她敲了门。奇怪！门自己开了，怎么没锁门？不好！是不是有贼闯进来了？记挂着母亲的安危，她三步并作两步冲进卧室，却发现母亲正安然地睡觉。她把母亲摇醒，喊道："妈妈，你的女儿回来了。"

母亲不敢相信自己的眼睛。她擦干眼泪，果真是自己的女儿。娘儿俩紧紧地抱在一起。女儿问："妈妈，门怎么没有锁？我还以为贼进来了。"

母亲含泪说："自打你离家后，这扇门就再也没有上过锁。"

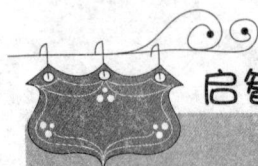

启智一点通

也许我们会和母亲产生矛盾——要么像这个女孩一样不服从母亲的管教，要么因为某件事不符合自己的心愿，赌气离家出走，甚至发誓说："我永远永远不回来了。"其实，这句话往往是靠不住的，也许我们很快就后悔了，就想家了。不是有那句话吗？"在家千日好，出门时时难。"但是，因为要面子，我们又往往不愿回家，害怕母亲不原谅自己，甚至嘲笑自己。请放心吧，家门会永远向自己的儿女敞开，母亲永远会牵挂她的儿女，这种牵挂足以消除所有的误解和不快。重要的是，我们千万不要误入歧途啊。

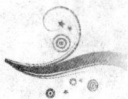

赤脚开门的人

从前,有个年轻人与母亲相依为命,生活相当贫困。

后来年轻人由于苦恼而迷上了求仙拜佛。母亲见儿子整日念念叨叨、不事稼穑的痴迷样子,苦劝过几次。但年轻人对母亲的话不理不睬,甚至把母亲当成他成仙的障碍,有时还对母亲恶语相向。

一天,这个年轻人听别人说起远方的山上有位得道的高僧,心里不免仰慕,便瞒着母亲,偷偷从家里出走了。

他一路上跋山涉水,历尽艰辛,终于在山上找到了那位高僧。高僧热情地接待了他。

听完他的一番自述,高僧沉默良久。当他向高僧问佛法时,高僧开口道:"你想得道成佛,我可以给你指条道。吃过饭后,你即刻下山回家,一路上,但凡遇有赤脚为你开门的人,这人就是你所谓的佛。你只要悉心侍奉,拜他为师,成佛是非常简单的事情。"

年轻人听了非常高兴,谢过高僧,就欣然下山了。

第一天,他投宿在一户农家,男主人为他开门时,他仔细看了看,男主人没有赤脚。

第二天,他投宿在一座城市的富有人家,更没有人赤脚为他开门。他不免有些灰心。

第三天,第四天……他一路走来,投宿无数,却一直没有遇到高僧所说的赤脚开门人。他开始对高僧的话产生了怀疑。快到自己家时,他彻底失望了。日落时,他没有再投宿,而是连夜赶回家。到家门时已是午夜时分。疲惫至极的他费力地叩响了门环。屋内传来母亲苍老的声音:"是谁呀?""是我,妈妈。"他沮丧地回答。门很快开了,一脸憔悴的母亲大声叫着他的名字,把他拉进屋里。在灯光下,母亲流着泪端详他。

就在他一低头的刹那间，他发现母亲竟赤着双脚站在冰凉的地上。这时他灵光一闪，想起了高僧的话。他突然什么都明白了。

年轻人泪流满面，扑通一声跪在了母亲面前。

高僧的高明之处就在于他世事洞明、目光深邃，一眼看到了事物的本质，并成功地点化了这位年轻人。年轻人的可贵之处在于他的幡然领悟，体会到了"佛"的真正含义。是啊，家是我们的"庙堂"，母爱是普渡人生的"真佛"。母亲从来不会嫌弃自己的儿女，不管我们走到哪里，遇到什么困难和不幸，过得是富足或者是贫穷，她都不会计较，都会用她博大的胸怀接纳我们，给予我们关怀和温暖。什么人给予我们的爱，会超过母亲呢？

父亲的宽容

里昂对父亲的看法一直是这样的：父亲的一条腿瘸了，他的一生平淡无奇。他不明白，母亲怎么会与这样的一个人结婚呢？

一次，市里举行篮球赛，里昂是队里的主力。他找到母亲，说出了他的愿望：他希望母亲能去观看比赛。母亲笑了，说："当然了，你就是不说，我和你父亲也会去的。"他听罢摇了摇头，说："我不是指我父亲，我希望你一个人去。"母亲很惊奇，问道："这是为什么？"他勉强地笑了笑，说："我只是想，一个残疾人站在场边，难免会使得整个气氛变味儿。"

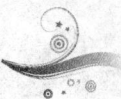

　　母亲叹了一口气，说："你嫌弃你父亲？"父亲这时正好走了过来，说："这些天我正好出差，有什么事你们商量着办就行了。"

　　比赛很快结束了，里昂的队赢得了冠军。回家的路上，母亲很高兴："要是你父亲知道了，他一定会激动得放声高唱的。"里昂沉下了脸，说："妈妈，我们现在别提他好吗？"母亲无法接受他的口气，尖叫着说："你必须告诉我，这是为什么？"

　　里昂满不在乎地笑笑，说："不为什么，就是不想在这时提到他。"母亲的脸色变得凝重起来，说："孩子，有些话我本不想说，可是，假如我再隐瞒下去，就会伤害到你父亲。你知道你父亲的腿是怎样瘸的吗？"里昂摇摇头，说："不知道。"母亲说："你两岁时，父亲带你去花园里玩。在回家的路上，你左奔右跑。突然，一辆汽车急驰而来，你父亲为了救你，左腿被碾在车轮下。"里昂顿时惊呆了，说："这怎么可能呢？"母亲说："这有什么不可能？只是这些年来你父亲不让我告诉你罢了。"

　　两人默默地走着。母亲说："还有一件事你可能也还不知道，你父亲就是布兰特，你最喜欢的作家。"里昂惊讶地蹦了起来："你说什么？我不相信！"母亲说："这你父亲也不让我告诉你。你不信可以去问问你的老师。"里昂急切地向学校奔去。老师听了他的疑问，笑了笑，说："这都是真的。你父亲不让我们透露这些，是怕影响你成长。既然你现在知道了，那我不妨告诉你，你父亲真的是一个伟大的人。"

　　两天后，父亲回来了。里昂问父亲："你就是大名鼎鼎的布兰特吗？"父亲愣了一下，然后笑了。昂里说："那你给我签个名吧！"父亲看了他片刻，然后拿起笔来，在一本书的扉面上写着：赠予里昂，生活其实比什么都重要。布兰特。

启智一点通

父亲为什么要隐瞒儿子？不告诉他腿瘸的真相，是担心里昂背着心理负担，不能健康和快乐地成长；不告诉他身份的真相，是担心里昂背负父亲的光环，产生某种自负和骄傲情绪。然而，好虚荣的儿子却不能理解这一切，甚至看不起残疾的父亲，认为他的形象妨碍了自己的名誉。好在父亲并不计较这一切。当真相大白时，父亲那博大的胸怀、拳拳的爱心和苦心，才显露出来，这怎能不让人感动！我们要从这个故事中吸取教训，学会理解亲人、尊重亲人。不管自己的父母是美丑，还是贫富，我们都没有理由轻视他们。

母亲的账单

8岁的小男孩布拉德喜欢用钱来衡量身边的每一件东西。他想知道他看见的每件东西的价钱。如果这个东西不是很贵的，他便认为它毫无价值。

但是有许多东西不是用金钱能买到的，其中有一些是世界上最宝贵的东西。

一天，布拉德下楼吃早饭，同时把一张叠得规规矩矩的纸放在母亲的盘中。他母亲打开这张纸，简直不敢相信自己的眼睛，但那的确是她儿子写的：

妈妈欠布拉德——

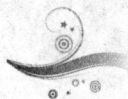

跑腿费 3 美元；

倒垃圾 2 美元；

擦地板 2 美元；

小费 1 美元。

妈妈总共欠布拉德 8 美元。

妈妈看着这张纸笑了，但她什么也没有说。

吃过午饭时，母亲将账单连同 8 美元一起放在布拉德的盘中。布拉德看到钱时眼睛直发光。他很快把钱放进口袋，开始盘算着用这笔钱买些什么。

突然，他看见在他的盘子边上还有一张纸，整整齐齐地叠着，和他给母亲的纸一样。当他把纸条打开时，他发现了母亲写的账单，上面是这样写的：

布拉德欠妈妈——

教养费 0 美元；

在他得水痘时照顾他 0 美元；

买衣服、鞋子和玩具 0 美元；

吃饭和住漂亮的房间 0 美元。

布拉德共欠妈妈 0 美元。

布拉德坐在那儿看着这张账单，一句话也说不出来。几分钟后，他站起来，把那 8 美元钱从口袋里拿出来，放在妈妈的手中。从那以后，他更喜欢帮助妈妈干活了，但再也没有跟妈妈说过账单的事。

启智一点通

母亲为什么把一个"0"账单交给儿子？是多此一举吗？不！它至少告诉我们两层含义：母亲的付出很多，却是无偿的，从来不奢望获得儿女的任何回报；母爱是无价的，是难以用金钱来衡量的。这会给我们一个启示：父母从来没有欠我们的时候，倒是我们欠他们的很多很多。布拉德从母亲的字条里看到了母亲的无私和伟大，从而理解了母亲的辛劳，感到了自己的绌小。对母亲的无私奉献，你是否也有体会呢？

虞舜大孝

《孝经》上记载着关于大舜至孝的故事：虞舜，本姓姚，名重华。父亲叫"瞽瞍"，是一个不明事理的人，很顽固，对舜相当不好。舜的母亲叫"握登"，非常贤良，但不幸在舜小的时候就过世了。于是父亲再娶。后母是一个没有妇德之人，生了弟弟"象"以后，父亲偏爱后母和弟弟，三个人经常联合起来谋害舜。

舜对父母非常孝顺，即使在父亲、后母和弟弟都将他视为眼中钉，欲除之而后快的情况下，他仍然能恭敬地孝顺父母，友爱兄弟。他希望竭尽全力来使家庭温馨和睦，与他们共享天伦之乐。虽然这其中经历了种种的艰辛曲折，但他终其一生都在为这个目标不懈地努力。

小时候，他受到父母的责难，心中所想的第一个念头是：一定是我哪里做得不好，才会让他们生气！于是他便更加细心地检省自己的言行，想办法让父母欢喜。如果受到弟弟无理的刁难，他不仅能包容，反而认为是自己没有做出好榜样，才让弟弟的德行有所缺失。他经常深切地自责，有

时甚至跑到田间号啕大哭，自问为什么不能做到尽善尽美，得到父母的欢欣。人们看到他小小年纪就能如此懂事孝顺，没有不深为感动的。

那时候尧帝正为传位的事情操心，听到四方大臣的举荐，知道舜淳朴宽厚、谦虚谨慎，但治理天下唯有德才兼备的人才能胜任。尧帝把两个女儿娥皇和女英嫁给他，希望由两个女儿来观察、考验他立身处事的能力。

娥皇和女英，明理贤慧，侍奉公婆至孝，操持家务农事也井然有序，不仅是舜的得力助手，也成全了舜始终不渝的孝心。有一次，瞽叟让舜上房修补屋顶。舜上去之后，想不到瞽叟就在下面放火。当大火熊熊往上燃烧，就在万分危险之时，只见舜两手各撑着一个大的竹笠，像大鹏鸟一样从房上从容不迫地跳下来，原来聪慧的妻子早已有所准备了。

又有一次，舜的父母又用其他方法来谋害他，想把他灌醉后杀害。可是他的两个妻子事前就给他先服了药，让舜即使终日饮酒也不能伤害到身体。

还有一次，瞽叟命舜凿井。舜凿到井的深处，瞽叟和象想把舜埋在井里，就从上面往井里拼命倒土，以为这样舜就永远回不来了。没想到舜在二位夫人的安排下，早已在井的半腰凿了一个通道，从容地又躲过了一劫。当象得意地以为舜的财产都归他所有时，猛然见到舜走了进来，大吃了一惊，慌忙掩饰了一番，但舜并未露出忿怒的脸色，彷佛若无其事。舜的孝心孝行，终于感化了他的父母，还有弟弟象。

启智一点通

中华民族重视孝道由来已久。舜的故事，包含着他的宽容大度和不计个人得失的无私胸怀，但支撑他的行为的，乃是孝父悌弟的美德。父亲和兄弟可以不容他，但他必须孝敬父亲，这是最大的人伦，不可违抗。可见，中国的孝悌传统真的是源远流长，始终闪耀着人性的光辉。

闵子骞与继母

闵子骞是孔子的学生，是 72 贤人之一。他从小失去母亲，父亲娶了继母。继母只疼爱自己生的两个儿子，对子骞很不好。但懂事的子骞却从来没有在父亲面前说过继母的不是。

天冷了，继母给三个孩子做了新棉袄。一天，子骞同两个弟弟高兴地穿着新棉袄，随父亲赶牛车外出。路上遇到了大风雪，子骞手冻僵了，抓不住牛缰绳，牛车咕碌碌顺着斜坡往下滑，棉衣被车钩钩破了一个洞，从袄缝里飘出了纷纷扬扬的芦花。父亲呆住了，他急忙扶好冻倒在车座上的子骞，扒开其他两个孩子的棉袄看，见里面都絮着厚厚的棉花！

父亲回到家，指着继母大骂："亲生儿女穿棉衣，子骞却穿芦花衣。你太狠毒了，你给我滚！"弟弟们吓得哭起来。这时，子骞扑通跪在父亲面前，哀求说："爹，求您不要赶娘走。"父亲说："她这样对你，你还替他求情？"子骞含泪说道："有娘在，顶多是我一人受冻；娘走了，弟弟们和我三个却都要挨冻"。子骞的真情感动了父亲，更感动了继母，她惭愧地说："孩子啊，对不起，让我重新给你做件棉衣吧。"从此，继母将子骞视为己出。

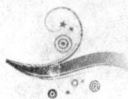

启智一点通

　　子骞是善良的，是他的孝心挽救了一个差点破裂的家庭。"有娘在，顶多是我一人受冻；娘走了，弟弟们和我三个却都要挨冻。"这种为弟弟着想的行为，感动了自私的继母，也教育了继母。可见，孝心是一种美德，具有伟大的力量，它让一切自私和冷漠的人感到惭愧，让温情和幸福重现人间。

孟子为母改过

　　孟子3岁时，他父亲因病去世了，家里的事都落在妈妈的肩上，她一面辛辛苦苦地织布，以养活孟子和她自己，一面勤勤恳恳地教养孟子，想把他培养成一个有用的人。

　　一天，孟子的母亲正坐在织布机上织布，看见孟子提早从书院回来，觉得很奇怪，就问道："你怎么这么早就回来了，老师功课讲到哪里了？"

　　孟子听了妈妈的提问，一时回答不上，过了好一会儿答道："还是跟以前一样。"

　　母亲听了，知道他贪玩逃学了，非常生气，责问道："老师每天讲一课，今天讲的怎么会跟以前一样呢？你现在不肯用功，将来怎么能成为一个有用的人？"母亲说着说着，突然拿起刀子，把织布机上的线统统割断，然后严厉地说："你不肯用功求上进，就跟织布机上的线断了一样，再也不能织成布了。我三次搬家为什么，无非是希望你长大了有出息呀。"

　　孟子见母亲生了这么大的气，他吃惊了，一头扑在母亲怀里，哭叫着："妈妈，孩儿今天贪玩逃学，惹您生了这么大的气，孩儿以后再也不

敢了，一定改过自新。"

从此以后，孟子牢记母亲的话，用功读书。有时候，他看见小伙伴玩得很开心，也跃跃欲试，但是一想到母亲为了他三次搬家的事，脑子里就会浮现出三次搬家的情景，更加理解了母亲望子成才的苦心，于是他发奋读书，日夜用功，终于成为我国一位大学问家、大思想家，人们尊称他为"孟子"。

启智一点通

为了教育自己的孩子，做母亲的总是宽严相济：进步了，受到母亲的赞扬和奖励；做错了，受到母亲的批评，甚至打骂。而孟子的母亲没有把责骂加在儿子身上，而是采取"自我惩罚"的方式，启迪孩子，让孩子的心灵受到震撼。不管采取哪一种方式，我们都要理解和体谅父母的苦心，相信父母，努力改掉缺点，健康成长。

伯俞泣杖

汉朝的韩伯俞是河南人，生性非常孝顺。他母亲的家教很严厉，韩伯俞偶然有了小小的过失，他的母亲就要用拐杖打他。韩伯俞总是跪下，受母亲的打，一点儿也没有怨言。

有一天，他的母亲又拿了拐杖打儿子，韩伯俞忽然大哭起来。他的母亲觉得很奇怪，问他道："从前打你的时候，你只是流着眼泪的。今天打你，为什么哭了起来呢？"韩伯俞说："从前儿子有了过失的事，母亲打我

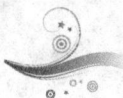

的时候，是觉得很痛的，晓得母亲的身体很康健。今天打我的时候，母亲的力量不能使我觉得痛了，晓得母亲的精力已衰，恐怕后来的日子不多，所以不觉得悲伤着哭起来了。"

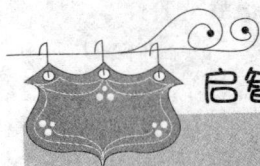

启智一点通

　　因为感念母亲打人的力气减弱了，人变得衰老了，所以才情不自禁地哭泣。人有好有坏、有老实有调皮，因为犯了错误而受到父母的责备是正常不过的事。但不管是什么人，都应该有孝心，有敬老爱亲之心，这是不能含糊的。

兄弟争孝

　　清朝时，长江口外的崇明岛上，有吴氏四兄弟，小时候因家境贫困，父母不得已把他们卖给富家为童仆，以求一条生路。他们长大后，个个勤奋节俭，赎出卖身契，回到家乡，合力盖起房舍并各娶妻成家。这时，他们已理解当日父母的苦心，故争相供养父母，以示不忘养育之恩。开始认定每家供养一月。后来，贤惠孝顺的妯娌们认为隔三个月才能轮到供养，时间太长了，故改为每家供养一日。以后又改为自老大起每人供养一餐，依次排下。每隔五天，全家四房老少合聚一起，共烹佳肴，奉养父母。席上子孙、儿媳争相端菜敬酒，百般孝顺，真是阖家欢乐乐陶陶。二位老人安享天年，福寿近百岁无病而终。

启智一点通

虽然父母将几个儿子卖为童仆，但他们自由后，并没有埋怨他们，而是理解他们的所作所为，从而积极地为他们去尽孝。这也是一种难得的孝心。应该说，古代人们表达的孝亲思想，与后人是一脉相承的。今天，我们继承古代尊老爱幼的传统，就是要发扬这种孝亲的精神，多关心、照顾自己的父亲，多善待自己的兄弟，而不管他们是否曾经做了对不起自己的事。

女儿的请帖

这天下午，妈妈收到了一封信，打开一看，里面装着一张漂亮的纸片，上面用红笔写着两个字——请帖，还有一行小字。原来是女儿香香留给她的。看着"请帖"，妈妈眼里闪出了激动的泪花。

原来，香香的爸爸靠业余自学成了一名企业骨干，经常收到各种请帖，请他出席会议，或参加宴会。每天回来，爸爸总是把请帖送给香香，香香就把这些漂亮又精美的请帖收藏在抽屉里，为自己有这样的爸爸感到骄傲。

一次，香香接到爸爸送来的请帖后，就问妈妈："妈妈，瞧爸爸多么了不起，您怎么就没有人送来请帖呢？"

爸爸连忙给她递眼色，然而已经晚了。

正在切菜的妈妈，手抖了一下，刀碰破了手指。香香惊叫起来，爸爸也忙放下手中的书籍，过来给妈妈上药，然后笨手笨脚地接过菜刀切菜。

香香看见妈妈的眼睛里，闪着泪水。

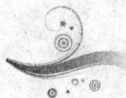

香香捧着妈妈的手指问："妈妈，疼吗？"

妈妈摇摇头，泪水顺着脸颊流了下来。

"不疼，那你为什么哭呢？"香香有些不理解。

这时，爸爸把香香拉到一边，说："香香，在没生你以前，你妈妈工作也样样先进，也是企业的骨干，常常得到奖状，接到请帖。可是，自从生了你以后，她常常为你请假，耽误工作。所以……"

"妈妈是为了我？"香香问。

"对，是为了你。妈妈早上叫你起床，帮你穿衣服，收拾东西，还要为你准备好早点，照顾你吃好，再送你上学，有时上班都迟到了。中午，她又要赶回来给你做饭。晚上更要为你做各种各样的饭菜，让你吃得香，吃得好，晚饭后，再刷碗，收拾东西，哪有时间再顾工作上的事呢？"

听了爸爸的话，香香脸发烧，心发跳。她平时看惯了妈妈做这些事，万万没有想到，自己会拖累妈妈，害得妈妈得不到先进，收不到请帖，还伤心地哭了。

从此，懂事的香香变了。清晨小闹钟一响，香香就起床，自己穿好衣服，叠好被子；晚饭后，她又抢着刷碗、扫地。后来，她又请老师教她做饭和炒菜。

今天，香香想给妈妈来个惊喜，所以上午向妈妈发了一封请帖，放学以后，马上回家煮了一锅米饭，还炒了一盘鸡蛋，又做了一个糖拌西红柿，让妈妈回来吃一顿现成的晚饭。她还暗暗下了决心：让妈妈接到很多很多请帖，比爸爸还多。

妈妈回来了，看到桌子上的饭和菜，眼睛里又闪出了泪花，是幸福和欣慰的泪花。

启智一点通

妈妈生育我们，又抚养我们，同爸爸相比，她们所付出的牺牲也许更多更大。从怀孕到哺育，妈妈为了我们的健康、顺利地生长，推辞了许多工作和活动，这无形中影响了她们的工作和进步。对此，我们未必能够理解和体谅。我们应该像香香一样，感恩和体谅母亲所付出的努力，用我们的温情和爱心，回报母亲的恩情和牺牲。

释爱如洪

一天，远在南方老家的母亲，坐了整整两天的火车，长途跋涉来到这座北方的古城看我。一来是因为思念我，二来也是想了解一下我的生活环境。为了能让母亲放心我的生活，我特地提前请了一天假，将我那脏乱不堪的单身住所收拾得干干净净。

果然，待到母亲第一次踏进我的房间时，母亲欣然一笑，拍拍我的肩膀说："我的儿子真的长大了，将屋子收拾得这样整洁。"末了，她依然要我把脏衣服拿出来，帮我洗。我呵呵笑着说："妈，我都洗过了。"母亲突然有些怅然若失，眼中有泪轻闪，微微笑道："看来我也只好享清福了。"

说来也巧，住在我楼下的同事小齐的母亲也要从家乡来看他。待我去他的房间时，却看到他的房间出人意料的脏乱，要知道，小齐素来是一个整洁细致的人，与我的大大咧咧有天壤之别。我看他的卫生间堆了一大堆脏衣服，便纳闷地问："你不是有洗衣机吗？也不洗洗，你母亲明天就要来了，看了多难受呀！"小齐听后诡秘地一笑："我把洗衣机搬邻居家去

了，特意留给老妈洗的。她大老远跑来，什么都没有替我做，会很憋闷的，让她多做点事，释放一下感情，也是再好不过的爱意了。"

听罢，我恍然大悟。于是，我特意在小齐那台跑步机上运动了一个多小时，只为出一身臭汗，好让母亲有衣服可洗。果然，母亲很高兴！后来，母亲每次再来，我总是留一个狼藉不堪的房间等待母亲整理，留一堆脏衣服等母亲清洗……

因为我早已知道，母亲心中的拳拳母爱，早已如坝蓄洪，她需要我为她开一个温暖的闸口，释爱如洪。

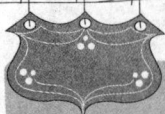

启智一点通

母爱，不是表现在嘴里，而是体现在行动中。在母亲的眼里，多为儿女做点事情——扫扫儿女的房间、为儿女洗洗衣服，这才是对儿女的关爱！如果时时不能体现这份关爱，母亲就不是母亲，母爱就不是母爱。难怪有这样一句话：做妈的都是贱命！这份"贱"，其实就是无私地奉献。无私地奉献，才是母爱的真谛。对此，你们是否理解呢？

第 *8* 章

感恩父母，让亲情成为一生的怀念

父母的恩情大如天，不管我们走到哪里，身份如何变化，是穷是富，对父母的感恩之情应该永不褪色。当我们离开父母时，哪怕千里之遥，也要及时传递我们的问候和关爱；当父母离开我们时，我们也要常怀感恩之心，让父母的爱成为永久的记忆。常怀感恩之心，让善良在人间流传，让亲情代代相传。

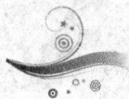

范乔哭砚

晋朝时有个范乔，当他两岁的时候，他的祖父范馨就死了。祖父快要死的时候，抚摩着孙儿说："我心里所遗憾的，只是不能够看见你到成人长大。"于是就把日常所用的砚池给了孙儿。到了范乔 5 岁的时候，他的祖母把这番情形一一讲给他听。范乔听了，就捧了那个砚池哭个不住。

他的父亲叫范粲，得了神经病，时常发狂。范乔同了他的弟弟放弃了一切的事务，专心一志地去侍奉父亲。他的足迹从不走出乡村，朝廷里屡次来召他做官，也不肯去。

有一年的大年夜，有人偷他的树去做柴。刚好范乔走过那儿，可是假装着不看见。那个偷树的人自己也觉得惭愧，就把柴拿来还他。范乔说："你拿了一些树儿去做柴，叫你的爷娘烘暖欢喜，这又有什么惭愧呢？"竟叫他拿了柴去。

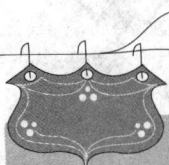

启智一点通

以亲为念，事亲不懈，这是古今许多孝子的共同特点。如今，好男儿志在四方，不见得一定要守到父母身边，但不管身在何处，在这个交通和通讯发达的时代，更应该视亲为邻，时时刻刻牵挂他们，为他们的生老病死尽儿女的孝心。

吴璋思亲

明朝有个吴璋，幼小的时候父亲就死了。那时候，皇帝下诏叫天下贞节的寡妇都到宫里去办事，他的母亲陆氏就奉例被选进宫里去了。后来陆氏又跟了亲王分封到韶州去。吴璋就抛弃了家庭去寻母亲，一路上受尽了困苦艰难。到了韶州，他上书给亲王，要求见他母亲的面。可是这个愿望没有实现。于是他就在王府旁边，租了一间小房子，中间写着"思亲"两个大字，旁边又挂了一副对联，上联写着：万里寻亲，历百艰而无悔；下联写着：一朝见母，誓九死以何辞。

后来他终于见到了母亲。这时候他的母亲已经生了病，并且非常的危险。吴璋就在自己的手臂上割了肉，做了粥去给母亲吃。母亲慢慢地好了，亲王就把金帛赐给吴璋，叫他扶着母亲回去。

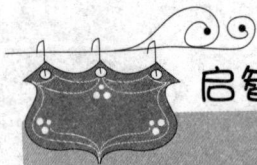

启智一点通

儿女千里寻亲，要的不是财富，要的不是利益，而是对亲人的牵挂和儿女的孝心。吴璋是为了尽孝而去，为了尽儿女的职责而去。这是人间最朴实无瑕的情愫，是与生俱来的人伦至理，是没有掺杂也不会掺杂任何杂念的孝心。

母亲是老师

顾恺之是东晋的大画家。他善于画人物，尤其擅长画女人和神女，在画脸部时常以点睛之笔使画中人物神情风采惟妙惟肖。他之所以擅长画女人，这与他的孝心有关。

顾恺之一出世，母亲就离开了人间，他一直由奶奶带养。幼年的顾恺之，生得虎头虎脑，家人都叫他小虎子。他父亲原是朝廷命官，因不满官场的腐败，辞官回家写诗作文。顾恺之经常冲进书房问父亲："人家都有妈妈，我的妈妈在哪里?"禁不住儿子的一再询问，父亲只好以实相告。

顾恺之大哭了一场，从此变得沉默寡言了。心中只是想着母亲生得什么模样，一次又一次地询问父亲，母亲的脸庞、形貌长得如何。听了父亲的回答后，他心中有了母亲的身影、脸型。他发誓要把母亲的像画出来。

他画了一张又一张，可是父亲见了总是摇头："不像。"他毫不气馁，继续作画。画到第十张时，父亲说："身材手足有点像。"他欣喜若狂，更加用心画像。不久，他画的像得到了父亲的认可："像了，像了，只是眼神还不大像。"他继续潜心画眼睛，画了改，改了画，当他又一次把画像送到父亲面前时，父亲大喜过望："这是你的母亲。"

这一年他才8岁。到20岁时，顾恺之已经是著名的画家了。当同行问他曾经拜谁为师时，他回答说："我的母亲是我心中一直活着的老师。"

启智一点通

从小失去母亲的顾恺之，根据父亲的叙述，以母亲为画，勤奋不息，当母亲的形象站立起来时，他的画技也开始成熟了。与其说是勤奋成就了他，不如说是思母之情成就了他。虽然他一出生就没有了母亲，但母亲的怀育之恩，他永远难忘。没有母亲的十月怀胎，哪有儿女的今天？古代的顾恺之明白这个道理，今天的我们更要明白这个道理。

立志为父续书的女子

蔡邕是东汉末年的一个名士，他学识渊博，精通经史、音律、天文，又以文章、诗赋、篆刻、书法闻名于世。后来因为依附于董卓，在董卓被杀后，他也被关进监狱，后来死在狱中。临死前，他希望女儿整理自己平生的著作。

蔡邕的女儿名叫蔡文姬，自幼好学，博学多才。一次，她听到父亲在书房里弹琴时把琴弦弹断了，就走过去说："父亲，是不是琴的第二根弦断了？"父亲以为她是偶尔猜中，在她离开后，故意把第三根琴弦也弹断，又问女儿，结果文姬回答得一点儿不错。

文姬对父亲十分孝顺。父亲平时写字，她就站在一旁帮父亲研墨；要是父亲生病，她就亲自煎熬汤药，日夜侍奉。文姬长大嫁了人，不久，丈夫去世了，她又回到了父亲身边。父亲死后，母亲一病不起，不久也去世了。文姬孤身一人，专心整理着父亲的遗著。

不久，由于战争影响，蔡文姬不得不到处流亡。那时候，匈奴兵趁火

打劫，掳掠百姓。有一天，蔡文姬碰上匈奴兵，被他们抢走。匈奴兵把她献给了匈奴的左贤王。打这以后，她就成了左贤王的夫人。

蔡文姬忍辱在匈奴住了12年，生下了一男一女两个孩子。虽然过惯了匈奴的生活，她还是十分想念故国，经常对月弹琴，用琴声寄托对父亲的思念之情。

公元216年，曹操统一了北方，他想起了老朋友蔡邕有个女儿还在匈奴，就派使者带着丰厚的礼物到匈奴，要把她换回来。

左贤王不敢违抗曹操的意志，只好让蔡文姬回去。蔡文姬能回到日夜思念的故国，继续整理父亲的遗著，当然十分愿意；但是要她离开在匈奴生下的子女，又觉得悲伤。在这种矛盾的心情下，她写下了著名诗歌《胡笳十八拍》。

12年过去了，蔡文姬又一次回到了中原的土地上。在长安郊外父亲的墓前，她放声大哭。她在父亲的墓前发誓："我一定遵从父亲的遗愿，整理您的遗著，否则我就真的成了不孝的女儿。"

蔡文姬到了邺城，曹操看她一个人孤苦伶仃，就安排她嫁给一个叫董祀的都尉，还送给他们一所房子和两个奴婢。

一天，蔡文姬前来答谢曹操。曹操问她："听说夫人家有不少蔡邕先生的书籍文稿，现在还保存着吗？"蔡文姬感慨地说："我父亲生前写了4000多卷书，但是经过大乱，全都散失了，不过我还能背出400多卷。"

曹操听到她能背出那么多，高兴地说："夫人真是一代才女！你要把它们写出来，这可是一笔宝贵的精神财富啊。"

后来，蔡文姬在家中悬挂起父亲的画像，花了几年时间，把她所能记住的几百卷书都默写下来，实现了父亲的遗愿。

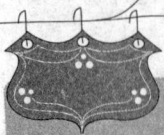

启智一点通

父女之情，一个出于至爱，一个出于至孝。父母之恩，如三春之晖，是报答不完的。但要记住这份情，努力为父母做点什么，以慰藉他们的心灵，则是我们应该做到的。一曲《胡笳十八拍》，涌流出一生悲苦及思父情怀。如果不是父女情深，怎能背写出 400 多卷遗书？蔡文姬为父续书的故事感人至深。

廉范笃行孝道

廉范年少时，父亲死在四川。年仅 15 岁的他，去四川接父亲遗骨回乡安葬。

他背着父亲遗骨坐船回乡途中触到了礁石，他在水里死死地抱着遗骨，不肯放手。岸上的人经过多方抢救，他才脱险。最后，廉范把父亲的遗骨运回家乡安葬了。

后来，廉范的老师薛汉因参与楚王谋反而被杀，廉范前去收尸，被人告发。汉显宗问他为什么收罪人的尸，廉范说："是因有师生情谊，愿领受处分。"显宗知道他与谋反无关，遂放了他。因此，廉范有了重义的名声。

那一年，他应陇西太守的聘请去当功曹，到任不久，就发现太守将要蒙难下狱。他辞去了功曹，隐姓埋名，到洛阳去当狱卒。时间过了不久，太守果然被解到洛阳下狱。廉范暗中护卫，直到太守死后，安葬完毕，才离开洛阳。

后来，当了云中太守的廉范顺从民意，革除弊政，得到百姓的拥护和歌颂。所以说，"忠臣出于孝悌之家"。

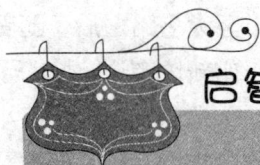

启智一点通

　　孝亲和尊老，本质上是一脉相承的。因为孝敬父母，是出于感恩，这是人类的一种朴素的情怀。由此类推，尊敬自己的老师，也是出于感恩。一个人有了感恩意识，就不会遗弃自己的亲人，怠慢自己的师友和兄弟。常怀感恩之心的人，是善良和纯朴的。

一朵玫瑰花

　　有位绅士在花店门口停了车，他打算向花店订一束花，请他们送去给远在故乡的母亲。

　　绅士正要走进店门时，发现有个小女孩坐在路上哭，绅士走到小女孩面前问她说："孩子，为什么坐在这里哭？"

　　"我想买一朵玫瑰花送给妈妈，可是我的钱不够。"孩子说。绅士听了感到心疼。

　　"这样啊……"于是绅士牵着小女孩的手走进花店，先订了要送给母亲的花束，然后给小女孩买了一朵玫瑰花。走出花店时绅士向小女孩提议，要开车送她回家。

　　"真的要送我回家吗？"

　　"当然啊！"

　　"那你送我去妈妈那里好了。可是叔叔，我妈妈住的地方，离这里很远。"

　　"早知道就不载你了。"绅士开玩笑地说。

绅士照小女孩说的一直开了过去，没想到走出市区大马路之后，随着蜿蜒山路前行，竟然来到了墓园。小女孩把花放在一座新坟旁边，她为了给一个月前刚过世的母亲献上一朵玫瑰花，而走了一大段远路。绅士将小女孩送回家中，然后再度折返花店。他取消了要寄给母亲的花束，而改买了一大束鲜花，直奔离这里有五小时车程的母亲家中，他要亲自将花献给妈妈。

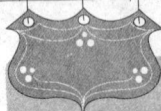

启智一点通

感恩亲情，就要时刻牢记父母的恩德。当父母还在世时，多给他们关心和照料；当父母已不在人世时，每年在特定的日子去祭奠他们的亡灵。因为，记人之恩，是人类特有的感情。面对报答不完的父母之恩，只在记住他们、怀念他们，才能把这份感情传递给下一代。

四跪慈母

1905 年 2 月 28 日，一代名将许世友诞生在河南省新县的许家洼。许世友 13 岁那年，父亲许存仁在贫病交加中离开了人世。父亲临终前把母亲叫到床边，指着最小的女儿说："为了全家十几张嘴，就把幺妹送人吧，也好换来几个命钱……"

几天后的一个中午，两个人贩子拿着 5 块大洋来领幺妹，恰好被刚从田里回来的许世友碰上。当他弄清怎么回事之后，一把从人贩子手里拉回幺妹，然后扑通一声跪在娘面前，哭着说："娘，幺妹还小，不能把她送

进火坑啊，俺姊弟 8 人中要是一定要卖一个的话，那就卖我吧！"

儿子的话犹如一把利剑穿进母亲的心，许母流着眼泪，拉起跪在地上的许世友，悲伤地说："孩子，起来吧，娘向你保证，以后就是饿死，全家人也要死在一块儿！"

1926 年，许世友参加了革命，后来，又参加了黄麻起义，许世友成了"清乡团"搜捕的主要对象。

"抓不住许世友，就拿他母亲是问！""清乡团"的头上高喊着。他们捆绑起许母，逼问许世友的下落，许母咬紧牙，一个字不说。匪首恼羞成怒，皮鞭雨点般地抽在许母的身上、脸上。

许世友听说母亲被抓，顿时怒火中烧。他掏出笔，刷刷写了几行字，令人送给"清乡团"头领李静。李静看完落款为"炮队队长许世友"的短信，知道许世友就在附近，顿时吓得脸色苍白，暗中把许母释放了。

许世友惦念母亲，连夜赶回去探望。未及问候，他先双膝下跪道："娘，不孝的儿子让您受苦了。"

深明大义的母亲抚摸着儿子的头，平静地说："孩子，不要哭了，娘虽不懂什么，却知道你干的是救穷人的好事，娘不拦你。"

许世友来不及多说，匆匆告别母亲，踏上了征程。

一次，部队在点头结束后整编，整编的地点离许家洼不算太远。领导对许世友说："你该回去看看大妈和你的媳妇，还有你那未见面的小伢子。"

许世友来到家门口，顿时呆住了：五六间房屋已被烧光，残垣断壁间，搭起了两座低矮的草棚。许世友抓住母亲的手，哽咽着说："娘，您老人家受苦了！"说着，便跪在母亲脚下。

母亲拉起儿子的手，像小时候一样为他擦去眼泪，只字不提自己的苦。

1932 年的一天晚上，许世友率部队在离许家洼不远的西张店村扎营。许世友得以再次回家探亲。

母亲与儿子面对面地坐着，儿子关切地询问母亲的身体情况，母亲则急切地想知道儿子在部队的情况。许世友像个听话的小学生，扳着指头向母亲细数了几年的情况。

天快亮的时候，许世友来到母亲床前，轻轻地喊道："娘，我该走了，

您老就不用起来了。"母亲披衣下床，把一手巾兜鸡蛋塞到许世友手里："儿啊，娘下半夜就把鸡蛋给你煮好了，带着路上吃。"

"娘，我年轻力壮的，用不上这个，还是留着给娘补身子吧！"许世友把鸡蛋塞到母亲手里。母亲不由分说，解开儿子的衣扣，把鸡蛋塞进儿子怀里，重新把扣子扣好。儿子要走了，母亲为儿子拉拉领角，拽拽袖口，又把手伸到儿子袖筒里摸摸棉袄的厚薄。

此时无声胜有声，许世友再也忍不住了，眼泪扑簌簌掉下来。透过泪眼，望着母亲那满头的白发，再想想母亲的孤单和艰难，许世友禁不住哭出声来："娘，做儿的不孝，让你独自一个人在家受苦，我读过私塾，懂得应该孝敬父母，但是……"许世友难过得低下了头。"孩子，不怪你，娘虽然不识字，可娘懂得，大丈夫尽忠不能尽孝，娘愿意让你去尽忠。尽孝只为我一个人，尽忠是为咱普天下的穷人哪！等打跑了白狗子，还怕没有好日子过？"母亲说完，便催他上路。

母亲的深明大义越发令儿子心里难过，在即将迈出大门的时候，许世友忽然转过身，流着泪喊道："娘啊，这一走也不知什么时候才能回来，您老就受儿一拜吧！"说着便跪在地上，像是对母亲说话，又像是对天发誓："我许世友活着不能伺候娘，死后也要埋在娘的身边，日日夜夜陪伴娘。"说完，站起来为母亲擦去眼泪，理理头发，然后转过身，头也不回地走了。

启智一点通

俗话说，羊有跪乳之情，鸦有反哺之心。戎马倥偬肩负革命大事，无限孝心尽在一跪之间。因为他懂得，母亲的恩情报答应完，一跪代表一个心愿：愿母亲不再受儿女的连累，过得快乐舒心！跪是人间最能表达感激的一种礼仪方式，儿女向父母下跪，已经把无限感恩推到极致。

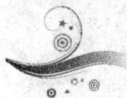

母亲的大米

这是个特困家庭。儿子刚上小学时，父亲去世了。娘儿俩相互搀扶着，用一堆黄土轻轻送走了父亲。

母亲没改嫁，含辛茹苦地拉扯着儿子。那时村里没通电，儿子每晚在油灯下书声琅琅、写写画画，母亲拿着针线，轻轻、细细地将母爱密密缝进儿子的衣衫。日复一日，年复一年，当一张张奖状覆盖了两面斑驳陆离的土墙时，儿子也像春天的翠竹，噌噌地往上长。望着高出自己半头的儿子，母亲眼角的皱纹张满了笑意。

当满山的树木泛出秋意时，儿子考上了县重点一中，母亲却患上了严重的风湿病，干不了农活，有时连饭都吃不饱。那时的一中，学生每月都得带30斤米交给食堂。儿知道母亲拿不出，便说："娘，我要退学，帮你干农活。"母亲摸着儿的头，疼爱地说："你有这份心，娘打心眼儿里高兴，但书是非读不可。放心，娘生你，就有法子养你。你先到学校报名，我随后就送米去。"儿固执地说不，母亲说快去，儿还是说不，母亲挥起粗糙的巴掌，结实地甩在儿脸上，这是16岁的儿第一次挨打……

儿终于上学去了，望着他远去的背影，母亲在默默沉思。

没多久，县一中的大食堂迎来了姗姗来迟的母亲，她一瘸一拐地挪进门，气喘吁吁地从肩上卸下一袋米。负责掌秤登记的熊师傅打开袋口，抓起一把米看了看，眉头就锁紧了，说："你们这些做家长的，总喜欢占点小便宜。你看看，这里有早稻、中稻、晚稻，还有细米，简直把我们食堂当杂米桶了。"这位母亲臊红了脸，连说对不起。熊师傅见状，没再说什么，收了。母亲又掏出一个小布包，说："大师傅，这是5元钱，我儿子这个月的生活费，麻烦您转给他。"熊师傅接过去，摇了摇，里面的硬币叮叮当当。他开玩笑说："怎么，你在街上卖茶叶蛋?"母亲的脸又红了，支吾着道个谢，一瘸一拐地走了。

　　又一个月初，这位母亲背着一袋米走进食堂。熊师傅照例开袋看米，眉头又锁紧，还是杂色米。他想，是不是上次没给这位母亲交代清楚，便一字一顿地对她说："不管什么米，我们都收。但品种要分开，千万不能混在一起，否则没法煮，煮出的饭也是夹生的。下次还这样，我就不收了。"母亲有些惶恐地请求道："大师傅，我家的米都是这样的，怎么办？"熊师傅哭笑不得，反问道："你家一亩田能种出百样米？真好笑。"遭此抢白，母亲不敢吱声，熊师傅也不再理她。

　　第三个月初，母亲又来了，熊师傅一看米，勃然大怒，用几乎失去理智的语气，毛辣辣地呵斥："哎，我说你这个做妈的，怎么顽固不化呀？咋还是杂色米呢？你呀，今天是怎么背来的，还是怎样背回去！"

　　母亲似乎早有预料，双膝一弯，跪在熊师傅面前，两行热泪顺着凹陷无神的眼眶涌出："大师傅，我跟您实说了吧，这米是我讨……讨饭得来的啊！"熊师傅大吃一惊，眼睛瞪得溜圆，半晌说不出话。

　　母亲坐在地上，挽起裤腿，露出一双僵硬变形的腿，肿大成棱形……母亲抹了一把泪，说："我得了晚期风湿病，连走路都困难，更甭说种田了。儿子懂事，要退学帮我，被我一巴掌打到了学校……"

　　她又向熊师傅解释，她一直瞒着乡亲，更怕儿知道伤了他的自尊心，每天天蒙蒙亮，她就揣着空米袋，拄着棍子悄悄到 10 多里外的村子去讨饭，然后挨到天黑后才偷偷摸进村。她将讨来的米聚在一起，月初送到学校……母亲絮絮叨叨地说着，熊师傅早已潸然泪下。他扶起母亲，说："好妈妈啊，我马上去告诉校长，要学校给你家捐款。"母亲慌不迭地摇着手，说："别、别，如果儿子知道娘讨饭供他上学，就毁了他的自尊心，影响他读书可不好。大师傅的好意我领了，求你为我保密，切记切记！"

　　母亲走了，一瘸一拐。

　　校长最终知道了这件事，不动声色，以特困生的名义减免了儿子三年的学费与生活费。三年后，儿子以 627 分的成绩考进了清华大学。欢送毕业生那天，县一中锣鼓喧天，校长特意将母亲的儿子请上主席台，此生纳闷：考了高分的同学有好几个，为什么单单请我上台呢？更令人奇怪的是，台上还堆着三只鼓囊囊的蛇皮袋。此时，熊师傅上台讲了母亲讨米供儿上学的故事，台下鸦雀无声。校长指着三只蛇皮袋，情绪激昂地说："这就是故事中的母亲讨得的三袋米，这是世上用金钱买不到的粮食。下

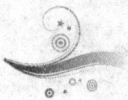

面有请这位伟大的母亲上台。"

儿子疑惑地往后看，只见熊师傅扶着母亲正一步一步往台上挪。我们不知儿子那一刻在想什么，相信给他的那份震动绝不亚于惊涛骇浪。于是，人间最温暖的一幕亲情上演了，母子俩对视着，母亲的目光暖暖的、柔柔的，一绺儿有些花白的头发散乱地搭在额前，儿子猛扑上前，搂住她，嚎啕大哭："娘啊，我的娘啊……"

启智一点通

这位母亲为了儿子能顺利上学，以讨饭的方式为儿子赚米送钱，并极力维持着儿子的自尊心。母亲的恩情大无边，她们总是甘愿为自己的儿女奉献一切。每一个父母总是希望自己的儿女健康成长，有出息。感恩亲情，就是用自己的实际行为，抚慰父母的心灵；用自己的成功，告慰父母的希望。让自己更有出息，就是对父母最大的回报。

母亲奖学金

一天，在世界著名桥梁专家茅以升家里，兄弟几人聚在一起，商量如何庆祝母亲的70岁生日。

哥哥说："母亲爱子胜于爱自己，她发现我们有不良倾向时，总是耐心开导，从不暴躁训斥。现在我们学有所就，能报效祖国，得感谢她老人家的养育之恩。我们兄弟几家合在一起为母亲祝寿吧！"

弟弟说："母亲为了儿子们的成长操劳了一辈子，我们在家乡建造一座花园小楼，让母亲过个幸福的晚年。"

茅以升一言不发，沉浸在幸福又心酸的回忆里。他想起童年时代家中的一场大火，那是多么可怕的夜晚啊！屋里燃起熊熊烈火，浓烟、火舌夺门而出。母亲为救孩子，一次又一次地冲进火海……兄弟几人终于脱险了，母亲的脸上却留下了深深的疤痕。

15 岁那年，茅以升考进唐山路矿学堂。进校 3 个月，辛亥革命推翻了清政府，他和同学们想弃学从军。他写信给母亲，希望得到母亲的支持。

母亲回信说："你想参军报国，想法可嘉。但你年纪还小，知识不多，就是一心想为国出力，也没多大本事。应安下心来，继续读书为好。"

茅以升接受母亲的劝导，留在学校发奋读书。1912 年秋天，孙中山去唐山路矿学堂视察，勉励学生学好本领，为国效劳。听了孙中山的讲话，茅以升回忆起母亲的叮咛，立志做个有真才实学的人。在唐山 5 年的学习中，几乎每次考试他的成绩都是全班第一。他好学的精神使全校同学十分钦佩。他的理解力和记忆力也是全校闻名的，不仅能背出圆周率小数点后几十位数字，还能背出化学元素周期表。

茅以升说："我们兄弟几人能够学有成就，全靠第一任老师——母亲。我们大力弘扬母亲孜孜以求、诲人不倦的精神，就是对母亲 70 寿辰的最好祝贺。"

他站起来，继续说道："我建议以母亲的名字设立'石渠奖学金'，奖励研究土木工程力学的优秀学员。"茅以升的主张得到弟兄们的赞同，大家捐款在唐山工程学院设立了"石渠奖学金"。人们夸奖茅以升兄弟对母亲的孝心，也夸奖他们母子两代人对科学的贡献。

启智一点通

感恩亲情，形式固然是多种多样的，但茅以升设奖敬母，意在弘扬中国母亲为人师表、诲人不倦的精神。这位世界级建筑大师的良苦用心，永远值得我们深思。

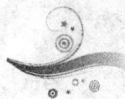

感恩儿媳情

王广芳和她的爱人都是鲍庆英老人收养的孤儿，她几十年如一日，精心照顾老人，在老人多次生病期间，有时甚至大小便失禁时，她都一直守护在老人的床前，一口一口地喂老人，帮老人翻身擦背，从未说过一句怨言。

很多人佩服王广芳，羡慕鲍庆英。除了她几十年如一日地照顾老人外，一个更重要的原因就是他们特殊的家庭关系带给周围人的特殊的感动。王广芳和她的爱人都是鲍庆英老人收养的孤儿，她和鲍庆英真正的关系是侄女和婶婶的关系。在王广芳4岁那年，父母先后死于饥饿和疾病，是善良的婶婶收养了她。因为婶婶没有孩子，所以他们就以母女相称。后来，婶婶又收养了两个孤儿，其中一个就是她现在的爱人。那个年代，照顾自己都是很困难的事情，更不用说养活三个孩子了，但是鲍庆英老人硬是把自己的口粮省下来分给三个孩子吃，养大了他们。后来，王广芳和爱人走到了一起，还成了家。平日里爱人在市里上班，王广芳就忙于农田里的活，即使再忙再累，回到家她也总是笑脸一张，忙东忙西。婆婆心疼她太过辛苦，就在家帮她做一些力所能及的家务活，而她总是说："妈，您年龄大了，还是好好休息吧，这些活留给我回来做。"

几十年如一日，她担负起了照顾老人的职责，从未让老人受过一点点气。在她的影响下，她的三个孩子也特别的孝顺。放学一回家，总是抢着帮奶奶做事，平日里有好吃的也总是让爷爷奶奶先吃。

十年前，公公去世了，鲍庆英老人的身体大大不如从前，王广芳照顾老人更细心了。有一次，老人感冒发烧得很严重，因为老人不能坐汽车，王广芳就用板车一个人踏着泥泞的乡村道路把老人拉到离家很远的村卫生院。医生说幸亏送来得很及时，挂几天吊水就没事了，如果再耽搁后果将

不堪设想。类似这样的事情还太多太多，多得连老人和王广芳本人都记不清了……

王广芳时常对孩子们说："你们一定要记得孝敬奶奶。没有奶奶就没有爸爸妈妈，做人一定要懂得感恩。"她这么说了，也这么做了。在三个孩子都上大学的艰难时刻她省吃俭用，唯独不降低对婆婆的生活标准，总是保证老人隔两天就能吃到肉。婆婆心疼她让她也吃，但是她总是吃些蔬菜。有时经济特别拮据，她就要求孩子们不吃让奶奶吃，孩子们很懂事，但是婆婆发火了："如果你们不吃，那我也不吃了。"这时她就发话让大孩子带领小孩子少吃点，把剩下的留给奶奶……

这年的夏天，婆婆摔了一跤，脚骨折了，一连几个月都不能走路，有时还大小便失禁。她一直守护在老人的床前，一口一口地喂老人，帮老人翻身擦背，从未说过一句怨言。老人感动得哭了，说："即使亲女儿也不能这样呀！"她笑着说："妈，我不就是您的亲女儿吗？"……在她的悉心照料下，老人慢慢可以走路了，但是没过多久，又摔了一交，这一次很严重，老人的手残废了。虽然送到医院很及时，但是医生说因为年龄大，不适宜做手术，只能保守治疗。从此，老人连基本的生活都不能自理，而所有的事情都落到了王广芳的身上。为了更好地照顾婆婆，她干脆搬到了老人的房间里住。每天早晨，她早早地就把鸡蛋牛奶端到老人床前，把家里的事情都处理好后，她就到农田里干活去了。中午，她早早地就回到家中，为老人送上可口的饭菜。晚上，伺候好老人吃完晚饭后，她又忙着帮老人洗脸洗脚，陪老人聊上一会儿……日复一日，年复一年，有人曾问她累不累，她笑着回答："不累！她养我小，我养她老，应该的，人嘛总有老的时候！"

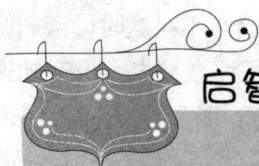

启智一点通

　　"她养我小，我养她老，应该的，人嘛总有老的时候。"王广芳的话说得朴实而真挚。不管是生母还是养母，母亲对儿女的奉献都是一样的，我们不仅要像父母对待我们那样，去对待我们的父母，也要把这份感情代代相传，让家庭充满温暖，让人间充满温情。

雨果献诗

　　每逢节日或母亲生日，雨果总要向母亲献上激情洋溢的诗，表达对母亲的爱戴。这不是一种常见的母子之情，因为雨果的文学天才，最初就是母亲培植出来的。

　　雨果的老师不许雨果写诗，故意用大量数学题压他，使他没有时间去写诗。但是，雨果的母亲却全力支持儿子，她觉得从孩子的爱好出发，积极开发他的潜能是没错的。她仔细观察儿子的一举一动，积极善待他的这种爱好和兴趣，支持他学习诗词歌赋。在日常生活中，母亲经常帮助儿子从耳闻目睹的事物中寻找诗题，去捕捉稍纵即逝的灵感。这些帮助和支持，使雨果创作激情勃发，诗思泉涌，进步神速。在雨果 15 岁那年，法兰西科学院征文，雨果把自己写的一篇诗作《学习之益》投去参加诗歌比赛。家里的人本未抱多大希望，但没想到真的获奖了，还得到了国王 1000 法郎的奖学金，从而使少年雨果在巴黎崭露头角。

　　雨果 17 岁那年，正逢都鲁士学院诗歌创作奖金比赛，有金鸡冠花、银金盏花和银百合花三种奖。因为要重建法国 16 世纪名王亨利四世的铜像，特征求纪念歌，设一个金百合花为特奖。这是波旁王朝复辟后为纪念祖先

的一个有意义的举措。雨果决计不放过这次征诗的机会。不料这时母亲病倒了，病情一天天加重，需要他的照顾，于是他打消了那个计划。母亲知道后，用虚弱的声音招呼雨果道："孩子，你那纪念歌呢？那金百合花呢？"

"妈妈，今天夜里该我照看你呀。"

"你参加比赛了吗？"

"噢，我已经拿《凡尔登贞女》那首歌寄去争普通奖了。"

母亲伸出瘦弱的胳臂扶住她的小儿子说道："我要你得到金百合花，不是普通奖。"

"明天就是最后期限了，来不及写了。"

"不，好孩子，现在写还来得及。明天一早就念给妈妈听，妈妈听到你的诗病就会好起来的，妈妈最不喜欢碰到困难就畏缩的人。"

雨果听了妈妈的话，充满自信地拿起笔，坐在病重的母亲床边，一夜之间完成了 120 行诗。

"妈妈，我作出来了。"次日早晨，他兴奋地告诉母亲。

母亲在他额头吻了一下作为回答，而雨果也给母亲捧回了金百合花奖。

就这样，雨果在母亲的支持下，文学天赋被最大限度地激发了出来，在文学创作上取得了辉煌的成就。尤其在小说创作方面，他把当时的文学创作推向一个新的高峰，不仅为法国，也为全世界的文学事业做出了巨大贡献。

过了两年，雨果的母亲去世了。19 岁的雨果独自悲哀地站在母亲墓旁，立下一定要成功的决心。他每年都写下诗歌，纪念自己的母亲。

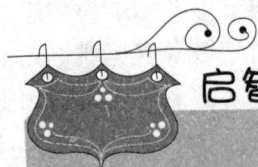

启智一点通

作为一个在母亲支持下成长的作家雨果，理应对母亲感恩。而诗歌是最能表达对母亲的爱戴和怀念的。那简捷的语言，深邃的情感，加上反复的吟咏，总能让人体验到人间情感的丰富和伟大。给母亲作诗，是雨果报答和感恩的方式，那么我们呢？

第*9*章

敬长携幼，担起家庭成员的责任

赡养父母、敬爱亲人，是孝的主要内容和核心。但"孝"的含义是宽泛的，既要孝敬生身父母，也要敬重祖父母、外祖父母，甚至还要扩大到其他有亲缘关系的长者。当我们感念父母之恩时，也要记住父母的父母，他们也是我们的亲人。而作为一个家庭成员，帮助父母抚养或带大自己年幼的弟弟、妹妹，也是我们应尽的职责。古人说，"老吾老以及人之老，幼吾幼以及人之幼"，说得就是这样道理。

甘罗智辩救祖父

　　甘罗的祖父甘茂是战国时期一位著名的才子。他满腹经纶，又能言善辩，很得秦始皇的器重，不久便做了秦国的丞相。

　　这一天，甘茂下朝回到家中，忽然茶不饮、饭不思，只是愁眉不展，唉声叹气起来。一家人不知到底出了什么事儿，都十分着急。

　　这时，正在书房里读书的甘罗，看到祖父如此心事重重，一不敢逗乐，二不敢撒娇，便轻轻地走到祖父面前，细声细语地问道："爷爷，到底出了什么忧心之事，你能对孙儿说说吗？"甘茂被孙儿一问，转身望着被自己视为掌上明珠的甘罗，心中止不住一阵酸楚，便道出了一腔的愁烦。

　　原来甘茂自从做了秦国的丞相，虽然他治国有方，深得秦王的信赖，可也同时受到了不少同僚的嫉妒。他们既嫉妒他出众的才能，更嫉妒他显赫的地位，因而常常在秦始皇面前说他的坏话。秦始皇开始无动于衷，可时间一长，谗言一多，也就慢慢地相信了，从此对老甘茂也就疏远了。

　　不久，秦始皇身患疾病，那些想把甘茂尽快除掉的人，便认为机会来了。他们挖空心思想出了一条妙计，便向秦始皇奏道："大王之病，在三天之内，非一大公鸡下的双黄蛋不治，而此蛋只有才智超群的甘茂能获得。故请大王快快降旨，让甘茂限期献来。"因病致昏的秦始皇，不知这是有意陷害，便听信了谗言，降旨于甘茂，并限期三日呈献宫中。谁都知道，哪有公鸡下蛋之事？可如若三日不交此蛋，那就有违旨杀头之罪，这甘茂怎能不为此焦愁万分呢？

　　甘罗听了祖父的叙述，心里也十分气恼，心想：如此荒唐之事，怎能出于皇上之口？他眼珠儿转了几转，心灵一闪，妙计便有了。要解救祖父危难，何不以荒唐对荒唐呢？他马上笑着说道："爷爷，你不必为此事焦

愁了，到了期限，我到大王那里给你交旨就是了。"

甘茂看了看甘罗那天真的样儿，摇了摇头，苦笑着说："孙儿，爷爷怎好让你替我去死！"

甘罗说道："怎么是去死呢？我是要皇上撤回那荒唐的旨意。"

甘茂又摇头说道："你小小年纪焉有如此本领？"

甘罗见祖父直是摇头，便凑到祖父耳旁，把想好的对策叙说了一遍。甘茂一听，愁容顿解，高兴地一把把甘罗抱在了怀中。

这一天，限期到了。小甘罗一早就起了床。他辞别了祖父，便自己上了金殿。秦始皇正等着甘茂为他送来公鸡下的双黄蛋，只听殿下有人高呼："甘茂的孙儿甘罗叩见大王。"秦始皇一看甘茂没来，却来了甘茂的孙儿，只气得怒发冲冠。他怒目圆睁，问道："甘茂哪里去了，为何派你前来？"

甘罗答道："回大王，我祖父正在家中生孩子，故不能前来拜见，望皇上恕罪。"

秦始皇闻听，拍案说道："真乃满口胡言，你祖父本系男子，怎么会生孩子？"

甘罗答道："大王息怒。如若男人不能生孩子，那公鸡岂能下蛋？"

"嗯，这……"秦始皇被甘罗问得一下说不出话来。

秦始皇沉思良久，自知理亏，便当众撤回了原旨。他见甘罗小小的年纪，就这么机智善辩，实乃是青出于蓝而胜于蓝。不久，就拜甘罗为上卿。

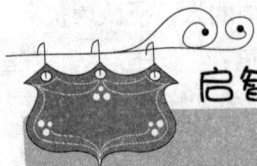

启智一点通

甘罗是历史上著名的少年政治家，12岁就做了丞相。这个传说可能有些夸大，但甘罗无疑是一个聪明机智的孩子，更难为可贵的是，他的聪明才智不是用在家长里短的小事上，而是用在国家大事上。他智救祖父的故事，既是他才智过人的体现，也是他敬长爱亲的体现，更是他大智大勇的精神写照。

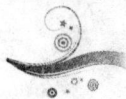

富家孝子

陆文郎生长在一个富裕的家庭里，家住豪华的洋房，进出有轿车代步。但他没有富家公子的骄气，他平日的表现展现着一种勤劳和朴实。

文郎在家里从不挑吃拣穿，从不吵着要买什么玩具，他还经常帮助妈妈干些力所能及的家务活：开饭前帮妈妈端饭菜，吃饭后帮妈妈收拾碗筷，节假日帮妈妈拖地板、扫院子。自从 9 岁开始自己的衣服就自己洗，到现在还能帮长辈洗。他非常敬重老人，每当遇见老人总会甜甜地叫声爷爷、公公或奶奶、婆婆。他每个星期天都要到爷爷家，帮爷爷扫地擦桌子，帮爷爷洗头剪甲。每次爸妈买来好吃的他都要送一份给爷爷，送一份给外公外婆。就拿中秋节这一天来说吧，妈妈一买回月饼，他就对妈妈说："妈妈，哪几筒是爷爷的，哪几筒是外公外婆的？"问清楚了捧起月饼就往爷爷家送，接着又往外公家送，乐得老人合不拢嘴。

文郎不但能孝敬自家的爷爷、外公外婆，还能热心地帮助村里一位 80 多岁的孤寡老人。老人家无依无靠，艰难度日，特别难以忍受的是寂寞和空虚。无巧不成书，有一天，这事被陆文郎发现了，他就义不容辞地承担起了陪伴老人和照顾老人的责任。从此陆洪福老人的生活里就多了一些欢乐，少了一丝苦闷！那是在初冬的一个下午，陆文郎从外公家回来，路过这位老人的家，看见老人坐在家门口，神情沮丧。他很纳闷，于是走上前去询问："老爷爷，怎么了？身体不舒服吗？"老人抬起头，有气无力地说："人老了，不中用了。"话语中透着一丝无奈和苦闷。"多可怜的老人家呀！我应该尽我的能力帮帮他！"从此他暗下决心，隔三岔五地带着吃的东西往老人家里跑。这样过去了几个月，他的父母还不知道。直到寒假里的一天，家里人找他吃午饭，找遍了邻居小朋友的家，也没找到。后来，终于在这位老人家里找到了正忙得满头大汗的陆文郎，原来他正在帮

老人家打扫卫生。当父母得知原委后，对儿子的这种行为大为赞赏，他们非常支持儿子的所作所为。在过春节时，父子俩带着补品和200元礼金去慰问。老人激动地握住他父亲的手说："我这辈子托你们的福了。你这儿子确实是世上少有的孝子啊！"他父亲说："老伯伯，你喜欢这孩子，就认作孙子吧！"就这样，陆文郎这孩子成了这位老人的孙子。

有了通情达理的父母的支持，陆文郎更加相信自己做的是对的，他决定把照顾陆洪福老人的事做得更好。他把平时的零用钱积攒起来，每两个星期给老人送去一次。在陆文郎的带动下，雅门村四（1）班的6位学生组成了一个"学雷锋小组"。每逢双休日，孩子们就到老人家里去搞卫生、提水、洗衣服等等。暑假里，陆文郎还利用休息的时间收集废饮料罐卖，增加收入帮助老人。自从他走进老人家后，这位老人开心多了，精神也越来越好了。现在老人逢人就夸："这个孩子，真是个难得的好小子！"

启智一点通

孝心，并不只限于自己的父母。这和时下许多青年的行为形成了鲜明的对比。陆文郎不单是对爸爸妈妈孝敬，对爷爷奶奶孝敬，而且他还能将这种对长辈的孝敬扩大到素不相识的老人身上，这不正是我们中华民族的先圣们所提倡的"老吾老，以及人之老"吗？

孝星马福元

马福元出生不到一周，妈妈就离家出走了。12岁那年，爸爸病逝，他和爷爷相依为命。几年后，爷爷瘫痪，他在学校附近以每月80元的价格租

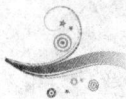

了间破屋，一边学习，一边照顾爷爷。

2006 年，马福元考上重庆交通大学。但他笑不起来，因为担心自己到重庆上学后，爷爷独自在家没人照顾。于是他决定：继续带着爷爷上大学。

马福元到大学第一件事，就是找房子，他要将爷爷接来一起生活。可学校附近的房子租金很贵，马福元一直没找到合适的。为了爷爷有个安身之地，他甚至想到去看看附近的敬老院。

其实，马福元目前有 1 万余元的存款———好心人捐的。但除了高三时资助几个贫困生外，他几乎一个子儿都没动。进校时 6300 元的学费是贷的，这笔钱他要留到最困难的时候用，用到最需要钱的人身上。另外，万一爷爷生病，还需要钱。为了省下书本费，马福元托熟人向刚刚毕业的师兄师姐借书。有几本没借到的课本，他靠上课作笔记。

2006 年月 10 月 9 日，马福元被团中央、中央精神文明办等单位评为第三届"中国十大孝贤之星"。

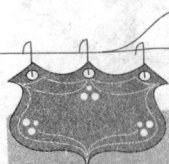

启智一点通

为了爷爷晚年得到照顾，年轻的马福元把爷爷从中学带到大学。在他心目中，这是一份庄严的责任，是一种义不容辞的报恩行为，哪怕自己都困难重重，也决不能推卸这个责任。正是这样一种人间最朴素的真情支撑着他，让他得到了社会和大家的敬重。

爱心是无价的

有位孤独的老人，无儿无女，又体弱多病，他决定搬到养老院去。老人宣布出售他漂亮的住宅，购买者闻讯蜂拥而至。住宅底价 8 万元，但人们很快就炒到了 10 万元，而且价钱还在不断攀升。老人深陷在沙发里，满目忧郁！是的，要不是健康的原因，他是不会卖掉这栋陪他度过大半生的住宅的。

一个衣着朴素的青年来到老人眼前，弯下腰，低声说："老人家，我也好想买这栋住宅，但我只有 1 万元。可是，如果您把住宅卖给我，我保证会让您依旧生活在这里，和我一起喝茶、读报、散步，天天都快快乐乐的——相信我，我会用整颗心来照顾您！"

老人颔首微笑，把住宅以 1 万元的价钱卖给了他。

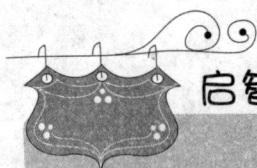

启智一点通

1 万元买一栋住宅，这是梦想吗？不是！是住宅贬值了吗？更不是！因为竞价一直在攀升。到底是什么原因使这个普通的小伙子成交了呢？是爱心！爱，足以压倒一切金钱和物质。老人用自己的住宅，换来了一个孝顺的儿子，一个快乐、幸福的晚年，这难道还不值得吗？让我们向这位"衣着朴素"的小伙子表示敬意吧。他的故事告诉我们：孝心是无价的，爱心比金钱更重要！

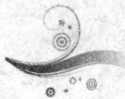

李密陈情

李密是三国时蜀武阳人，才学出众。他在蜀汉做官时，曾几次出使吴国，因有辩才，为时人所推崇。

李密早年的遭遇很不幸，刚出生 6 个月，父亲就去世了，4 岁的时候，母亲又被他的舅父强逼着改嫁了。家族中没有叔伯兄弟，只有他与祖母刘氏两人。祖母年老多病，看着可怜的小孙子没人抚养，心里很难过，决心拼命劳作，再苦再累也要把小孙子抚养成人。

李密小时候，因调养不周，身体很瘦弱，病魔缠身，发育迟缓，到了 9 岁还不会走路，但总算勉勉强强活了下来。他小时候就很懂事，知道母亲是被逼改嫁的，于是就把对母亲的依恋全部移到了祖母身上，对祖母非常孝顺恭敬，事事听祖母的话，从不惹祖母生气，终日和祖母形影相伴，经常帮助祖母干些家务。祖母有时想起儿子早死，心里难过，他就宽慰祖母，说他要代父孝敬祖母，说得老人转忧为喜。祖母的年龄越来越大，由于操劳过度，常年为疾病缠绕，下不了床。李密从早到晚侍候老人，晚上和衣睡在祖母身旁，服侍祖母吃药、吃饭和喝水时总要自己先尝一下凉热，待温度适宜时再喂祖母。

他天天给祖母洗脸，端屎端尿，十分尽心，从来也没厌烦过。李密 44 岁时，祖母已经 96 岁高龄了。这时蜀汉已亡，司马氏的晋朝统治天下。晋武帝听说李密为人至孝，刚正不阿，而且文章写得好，他为了笼络蜀汉旧臣，就下诏书起用李密为太子洗马（侍奉太子的官），并下令地方官催促他急速上任。

李密看着病榻上气息奄奄的祖母，实在不忍心撇下老人不管。于是就写了一篇陈情表给晋武帝，诉说他为了奉养祖母，实难到任就职的衷情。他说："没有我的祖母，就没有我的今天；同样，今天祖母没有我，也就没法度过晚年。我和祖母是相依为命的，现在祖母年岁大了，好像太阳已

近西山，早晨活着，还不知晚上怎样。我替皇上尽力的日子正多，可是报答祖母恩德的日子是很少的了。请您念乌鸦尚知反哺之情，允许我把祖母奉养到终年。"

晋武帝看罢，深深被他孝敬祖母的心境所感动，没有再勉强他。后来，李密一直等到祖母离开人世又服丧终了才应诏赴任。

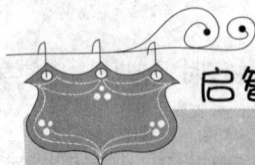

启智一点通

"我替皇上尽力的日子正多，可是报答祖母恩德的日子是很少的了。"李密说得极好，报答皇上的时日很多，而报答老迈亲人的时间则有限。一个把亲人的冷暖放在高于一切位置的人，为人做官也会想着他人，处处以百姓为重的。这不仅是一个孝心的问题，也是一个心里装着别人的问题。

杜环孝敬他人母

杜环是明朝初期的官吏，知书达礼，曾受到明朝皇帝朱元璋的喜爱，在民间还流传着一段他孝敬常母的故事。

一次，杜环正在家中陪客人聊天，外面下着大雨，忽然，门开了，杜环眼前出现了一位身穿破旧衣服的老曾祖母，杜环上下打量了一下她，觉得有些面熟，就试探着问："您是常老夫人吗？"

老曾祖母点点头，没有说话。杜环又惊奇地问："您怎么弄成这副样子？找我有什么事吗？"

原来，这位常老夫人有个儿子叫常允恭，是杜环父亲杜一元的好朋友。后来常允恭去世了，家境开始衰败，常老夫人便无人奉养。一位好心

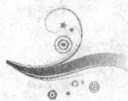

的人劝她去找安庆太守谭敬先，他曾经同常允恭很要好。常夫人乘船到了谭敬先处，谁知谭敬先却不肯收留她。于是，她又来到金陵，打听3年不见的小儿子常伯章的下落，结果仍没找到，没有办法，她只好四处打听，又来到杜一元家，可是，当年儿子的朋友杜一元早已经去世了，只有他的儿子杜环还在。

常夫人向杜环讲述了来到他家的前后经过，杜环落下了同情的眼泪。他呼唤妻子和孩子出来向常夫人行了礼，又让妻子帮常母换下湿衣服，抱来被子让常母盖。常母感动得不知如何是好。她托杜环寻找自己的小儿子。杜环满口答应，并对常母说："您虽然不是我的亲生母亲，但我待你要像亲生母亲一样。您在我这儿就踏实住下吧。我们家目前生活虽然不太富裕，但是有我们吃的，就不会饿着您。你今天能投奔到我们家来，是对我们的信任。所以，您千万不要客气呀！"

就这样，常母在杜环家住了下来。杜环买了布料，让妻子替常母缝做新衣服和新被褥。杜环一家每天都像对待自家母亲一样侍奉常母。常母脾气不好，有时爱急躁发火，甚至骂人。杜环就悄悄告诉全家人，一定要顺从常母的心愿，不能轻视怠慢她，同她计较。常母年老多病，杜环就亲自为她煎药、送药。因为常母的缘故，杜环一家人都不敢大声讲话。

时间过得很快，转眼就是10年。这时，杜环当上了太常寺的赞礼郎，奉皇帝诏令，杜环前往会稽参加祭祀。返回时，杜环巧遇到常母的小儿子常伯章，他就把常母天天想念他的事讲了，常伯章却说："我母亲的事我早听说了，只是太远一直无法去看她，过些日子我去看她吧。"

杜环回到家后，过了半年，常伯章才来看她母亲。这一天，正赶上杜环的生日，常母见到小儿子放声大哭。杜环家人觉得这样不吉利，杜环却说："母子相见，悲伤痛苦也是人之常情嘛，没什么不吉利的。"

几天后，常伯章怕母亲年老不能走路，便撒谎说还要办其他事情，独自而去，以后再也没回来看望他的老母亲。

杜环并没有计较常伯章的做法，依然细心照顾侍奉常母。然而，常母因想念儿子，病情一天比一天加重。3年之后，她就去世了。临死时，她对杜环说："这些年我拖累了你，希望你的子孙以后都能像你一样孝敬老人。"常母死后，杜环像对自己母亲一样，举行了隆重的安葬仪式，以后每年还定时去为常母扫墓。

启智一点通

难怪后人都把杜环当做孝敬长辈的榜样，他视他人的母亲为自己的母亲，像孝敬自己的母亲一样孝敬他人之母，而且十多年如一日，毫不懈怠。有人认为，孝敬自己的父母天经地义，对其他的老人，可以不问不闻。实际上，除了自己的父母，对于其他的长亲，我们也应该付出我们的关爱。

朱显焚券

在元朝真定这个地方，有一位叫朱显的人。

元世祖至元年间，朱显的祖父卧病在床，想到自己随时都会撒手人寰，于是他决定在弥留之际，将家产按等份分好，还立下了字据，把后事交代得非常妥当。

英宗至治年间，朱显的哥哥不幸过世了，留下了几个嗷嗷待哺的孩子，家里一片萧瑟凄凉，令人分外感伤。看到侄子们孤苦无依，朱显非常难过，因此，在日常生活当中，他对侄儿彦昉等人有着特别的照顾，把他们看做是自己的亲生孩子，无微不至地细致关怀。

看到侄子们年纪这么小，还没有能力自立，如果就这样把财产均分，各奔前程的话，那有谁能够关心到孩子们的教育？又有谁能在身边料理他们想象不到的种种问题？如果没有人帮助他们撑起这个家的话，往后的情形将会怎样？放他们不管的话，于心何忍？想到这里，道义之情油然而生。

于是，朱显就对他的弟弟朱耀说："父子兄弟，本就同气连枝，不可分离。现在，哥哥已经离开我们了，他的孩子那么小，无论是情理还是道

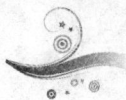

义上，我们都需要代替哥哥，来履行长辈应有的责任，把侄子的生活安顿好，让他们没有后顾之忧。此外，如果没有长辈在他们品行上日日督导的话，又怎能培养他们的厚道善良？所以我们是不是不要分家，全心全力来看护和照顾他们?"

平日，哥哥总是在默默地关怀年幼的侄子，那么真诚无私，弟弟被他深重的情义所感动。而今，哥哥又为了侄子，而决定放下这笔丰厚的遗产，让整个大家庭共同来分享。对哥哥无私的心怀，他由衷地佩服与敬爱。

于是，他们一同来到祖父的墓前，把祖父留下来的分产证明，全部焚毁。从此之后，这一家继续其乐融融地共同生活在一起，互相关怀照顾，和睦温馨。

启智一点通

年少就失去父母，这真是人间的至痛。如果没有亲情的力量来维持家庭的温暖，那孩子如何心智健全地成长呢？如何培养对周遭一切热切的关怀，经营积极向上的人生？在侄子们最为艰难的时候，如果还分家分财产，情何以堪？朱显焚券，不但是尽了兄弟应有的手足情义，也是对父母尽最大的孝心。综观现代社会的生活情形，这种浑朴厚道的心行，已经越来越少见了。甚至有许多人，在父母还健在的时候，就很想要得到父亲的财产，这不能不说是一种道义的失落。

薛包孝亲

薛包是东汉人，为人敦厚。生母很早就去世了，后母不喜欢他，不愿与薛包同住，要他迁出，薛包伤心痛哭，不忍离去，以致遭受父母杖打，薛包不得已于是只好顺从父母心意，在屋外搭茅屋独居，每天早晨照常入内洒扫。父亲愤怒未消，又驱逐他，于是薛包就到里门另搭茅屋居住，心中毫无嫌怨，每天早晨仍然回家请安，夜晚为父母安铺床席，倍加谨慎孝敬，委婉事奉，从不间断，希望能得父母欢心。经过年余，父母惭愧，回心转意，于是让薛包回家居住，从此全家和乐相处，共享天伦之乐。

父母去世以后，其弟要求分析财产，各自生活，薛包劝止不了，便将家产平分。年老奴婢都归自己，他说："年老奴婢和我共事年久，你不能使唤。"田园庐舍荒凉顿废的，分给自己，他又说道："这是我少年时代所经营整理的，心中系念不舍。"衣服家具，自己挑拣破旧的，并说："这些是我平素穿着食用过的，比较适合我的身口。"兄弟分居以后，其弟不善经营，生活又奢侈浪费，数次将财产耗费破败。薛包关切开导，又屡次分自己所有，济助其弟。薛包如此孝亲爱弟的德行，早已传遍远近，后来被荐举任用为侍中，为人主亲信官职。

直到薛包年老因病不起，皇上下诏赐准告老辞归，更受尊礼，享年80余岁。

启智一点通

　　薛包孝亲，在父母打骂自己的情况下，仍然悉心孝敬他们，尽一个儿子的孝心。当父母死后，他把这份孝心传递给那些老仆，像孝敬自己的父母一样关心他们，使他们能安享晚年。对待自己的弟弟，他也尽了一个做兄弟的责任。可见，薛包是一个懂得什么是"孝"的人，做到了大孝。

改嫁协议

　　五年前，程腊秀的前夫彭礼禄和哥哥外出打工，不幸在一家小煤窑遇难。

　　接到噩耗，程腊秀感觉天都塌下来了。但是，为了安慰伤心的公婆，她强咽泪水办了丧事。彭家兄弟还没下葬，有村民就开始议论：程腊秀肯定会离开彭家……程腊秀抱着前夫的遗像，当面对公婆承诺："只要我有饭吃，决不让你们挨饿！"

　　由于小煤窑老板跑了，当地政府只给了彭家两万多元安葬费，办完丧事已所剩无几。家里的顶梁柱倒了，程腊秀带着10岁的儿子，还要照顾公婆，日子过得非常艰难。

　　这年，经人牵线，程腊秀与邻村的杨代强相识。杨代强妻子因病去世，没有再娶。相亲那天，程腊秀回到家里，看到公公彭久方呆坐在门口抽闷烟，婆婆赵继珍则在一旁不停抹泪。程腊秀上前打招呼，两人都不说话。好半天，婆婆开口第一句话就问："腊秀，你要离开彭家我们不阻拦，但你能不能把孙娃留下？"原来，程腊秀利用赶场相亲的事被公婆知道了。

对于公婆的请求，程腊秀没立即回答，而是埋头做家务。

经过一段时间交往，两人都很满意，杨代强向程腊秀提出结婚。程腊秀答应了杨代强，但她提出一个条件：嫁到杨家必须带上公婆。

有亲戚骂她傻，说丈夫去世了，自身都难保，哪里还用管公婆。程腊秀知道亲戚是为自己着想，但她有自己的原则："两个儿子都走了，他们本来就很伤心，如果我只顾自己一走了之，良心上过不去……"

对这门婚事，杨代强的亲友也表示反对：她带个小孩可以，可要带上公婆就难以让人接受；再说，对方孩子还小，公婆又多病，加之为前妻治病，杨代强已债台高筑，接受程腊秀的条件，他将会被沉重的负担压得喘不过气。

尽管如此，杨代强还是答应了程腊秀的条件，两人签下了"改嫁协议"：

我程腊秀与杨代强结婚，我的负担很重，要负担前夫彭礼禄的爹和母，还有前夫的孩子。你能承担这个责任吗？你能，我们就结婚，不能就算了！

赡养老人是我们做小的责任，我同意也能够承担起这个责任。

后面是杨代强和程腊秀的签名和鲜红的指印。签了协议，程腊秀带着公婆，再嫁给杨代强。除了白纸黑字的协议，程腊秀和丈夫还有口头约定：不论什么情况下，都要尊敬两个老人，为防止老人不开心，不准当着老人的面叫穷，不准当着老人的面吵架，不准当着老人的面打骂孩子……

再婚不久，公公彭久方不慎从楼上摔下，造成尾椎骨折。程腊秀和丈夫把他背到医院，住院 58 天，夫妻俩天天轮流护理，花去医疗费 5000 多元。对此，有人说程腊秀和杨代强是傻子，在一个没有血缘关系的老人身上花这么多钱，不值得。程腊秀却毫不客气地回敬对方："要是你的儿媳遇到我一样的情况，你还这样说不？"一句话，把对方问得哑口无言。

程腊秀和杨代强结婚后，家里债务重，为挣钱还债，去年，夫妻俩租了 15 亩地种药材，年终盘点，亏了一万多元。为不让老人担心，夫妻俩还谎称赚了一万多元。为保证老人每天的生活不缺油水，夫妻俩还借钱买了一头肥猪，腌制成腊肉，每天给老人改善伙食。

启智一点通

丈夫死了，为了公婆不受委屈，程腊秀竟带着公婆再嫁。她的想法是：丈夫虽然不在了，但亲情还在，家庭还在；如果这时候离开年老的公婆而去，不仅对不起老人，也对不起死去的丈夫。这是中国妇女善良本性的体现，是大孝大爱的体现，也是负责的体现。如今，程腊秀和丈夫履行协议，善待老人，被传为佳话，成为人们教育孩子孝顺的典型。她还被评为"十大孝顺儿女"，这个荣誉她的确是当之无愧的。

懂事的玲玲

玲玲的曾祖母80多岁了，可喜欢9岁的曾孙女玲玲呢。玲玲也跟妈妈一样爱曾祖母。

秋天到来，天气渐渐凉了。妈妈给曾祖母做好了新棉鞋，玲玲从妈妈手里接过棉鞋，一蹦一跳地走到曾祖母身旁，说："太婆，妈妈叫你把这新棉鞋穿穿看，合脚不合脚？"曾祖母穿上棉鞋，连声说："合脚，挺合脚！你妈妈的手真巧。"

当天气进入初冬，妈妈又给曾祖母翻好一条厚厚的棉被，还放在太阳下晒了晒。晚上，妈妈给曾祖母铺好了床，让曾祖母躺进被窝里。玲玲伏在床边小声问："太婆，你在被窝里暖和不？"曾祖母眯着眼说："暖和，真暖和！这被头还喷喷香呢！"她捂着玲玲的小手说："玲玲真乖，你妈妈也真好！"

进入了隆冬，天气越来越冷了，妈妈在曾祖母的床上添上一条羊毛毯。晚上，妈妈还给曾祖母用热水灌了个热水袋，玲玲抱起热水袋，塞进曾祖母的被窝里。曾祖母躺进了被窝，高兴得嘴也合不拢，笑着说："真

暖和，你娘俩想得真周到！"

有一天晚上，天气特别冷。屋子外面飘着鹅毛大雪，西北风啪嗒啪嗒，敲着窗子。吃过晚饭不一会儿，曾祖母说要早点儿睡，妈妈就给曾祖母灌热水袋。这时发现，热水袋漏水了。这可急坏了妈妈和玲玲。曾祖母说："这热水袋年代久了，明儿送去修一修吧！"妈妈说："今天夜里怎么办呢？玲玲，把你那个热水袋拿来！"曾祖母急得直摇手："这哪能行？孩子睡在小床上挺冷的呢！"

玲玲在一边站着，眨了眨眼睛，忽然说："曾祖母，我想出一个办法！妈妈说我小时睡在她身边，像只小火炉，今天夜里，我就跟你睡好不好？"

"好，好！"曾祖母高兴地搂住玲玲说："有玲玲睡在身边，雪再大，风再猛，曾祖母也不冷了！"

玲玲红扑扑的脸上闪着光亮，真像一只小火炉在闪火光呢！她回头看看妈妈，妈妈笑着朝她点了点头，好像在说："瞧你这个小家伙，想得多好！"

妈妈去拿热水袋了，玲玲从自己的床上抱了一只小枕头，摆在曾祖母的大枕头旁边。

夜里，妈妈不放心，怕玲玲把被子蹬开，悄悄地走进曾祖母房里，开亮了小灯一看，只见玲玲紧紧挨着曾祖母睡着，她的脸通红通红，头上还在冒热气呢，真像一只暖烘烘的小火炉！曾祖母呢，脸上也微微笑着，好像在说："暖和，暖和！"

启智一点通

小玲玲把自己当做一只"热水袋"，陪在太婆身边睡觉。这是因为，她平时就和妈妈一起，关心太婆，悉心照料太婆，把太婆的冷暖时刻放在心上。所以，我们要像她那样，不仅要关爱父母，也要关爱祖父母和曾祖父母，照料每一个需要照料的家庭成员，让爱的阳光温暖家庭的每一个角落。

孔繁森的大孝

孔繁森原是山东聊城的一位领导干部，他积极响应党的号召，两次入藏，历时十载，支援西藏经济建设，为促进民族团结和西藏经济的发展做出了贡献，最后不幸以身殉职，被党和人民誉为"90年代的焦裕禄"、"领导干部楷模"。

孔繁森虽然一直将党和人民的事业放在首位，但在他心中也有着刻骨铭心的母子深情。

孔繁森是个孝子，平时只要工作不忙，总要抽出时间与老母亲聊聊家常，与妻子争着照料母亲。1988年，组织上选派孔繁森第二次进藏的时候，母亲已经87岁高龄了，生病瘫痪在床，生活不能自理。妻子儿女希望他留在山东工作，孔繁森心里也渴望能留在老母身边照料老人家，但想到西藏地区更需要党的干部，孔繁森毅然表示服从组织安排。临走那天，孔繁森默默地走到老母亲床边，望着母亲稀疏的白发，沉默了好久才轻声地说："娘，儿又要出远门了，到很远很远的地方去，要翻好几座山，过好多条河。"

"不去不行吗？"年迈的母亲拉着他的手，舍不得他走。

"不行啊，娘，咱是党的人。"

"那就去吧，公家的事误了不行。多带些衣服、干粮……"

想到这一去可能再也见不到年迈多病的母亲了，孔繁森抑制不住内心的感情："自古忠孝难两全，娘，您多保重！"说着，孔繁森跪在地上，给母亲磕了一个响头。

孔繁森来到西藏，担任中共阿里地委书记，投入到繁忙的工作中。每到夜深人静，孔繁森总会想起远在千里之外的家人。为了党的事业，孔繁森把对亲人的感情深埋在心底，"老吾老以及人之老"，他把藏族同胞当做

了自已的亲人。

一次，孔繁森冒着刺骨的寒风到拉萨市的一所敬老院探望那里的老人。他拉着老人们的手，热情地问寒问暖。当他走到一位叫琼宗的老人面前时，发现老人被冻得又红又肿的脚，心疼地把老人的脚放进自已的怀里。

孔繁森每次下乡，都要去探望当地的孤寡老人，看看屋里的粮食够不够吃，被子够不够暖和。好几次，孔繁森自已掏出钱来，叫身边的工作人员给孤寡老人买来大米、食盐、被褥等生活必需品。家里人知道他在西藏生活艰苦，不断托人送来干菜和一些营养品，孔繁森把这些东西都送给了敬老院里的老人，自已则经常是榨菜就泡饭、开水泡馒头。

在阿里，流传着一个孔繁森雪天让衣的动人故事。当时，阿里地区遭受严重的雪灾，孔繁森亲赴灾区指挥救灾。一天，孔繁森在雪花纷飞的野外看到一位藏族老阿妈把外衣脱下，盖住在风雪中哀号的小羊羔，单薄的身子却在摄氏零下20多度的严寒中瑟瑟发抖。霎那间，孔繁森的眼泪涌了上来，他用手捂着脸，猛地转身回到越野车上脱下自已的毛衣毛裤，将还带着体温的毛衣披在老阿妈身上，老阿妈激动得久久说不出话来。孔繁森说过，只要看见藏族的老人，他就会想起自已的母亲。

启智一点通

孔繁森忠孝两全，既报效了祖国，也报答了人民。虽然远离自己的老人，却把对亲生母亲的爱，传递给同父母一样的其他人。是啊，一个品德高尚的人，不仅孝敬自己的老人，同样也尊敬社会上的老人。孔繁森忠孝两全的动人事迹，诠释了"老吾老以及人之老"的美德。